望秦樓新樂府集

古華／著

序

望晴復望秦
——古華的古風歌吟

張素貞（台灣師範大學國文系退休教授）

古華，正是小說名著《芙蓉鎮》的作者。《芙蓉鎮》突破一些禁忌，獲得茅盾文學獎，又拍攝為同名電影，湘西因此出現了「芙蓉鎮」觀光景點，小說被列入中學生的語文新課標必讀叢書。從小說到歷史演義，再邁向古風歌吟，古華的創作文體三變。《望秦樓新樂府集》選擇新樂府古體詩的體式，深蘊事典，鋪陳紀事，詠嘆諷喻，感時憂國，以精簡的文字，寄託豐富的情感。一九八八年以來，古華卜居溫哥華南郊的望晴居，讀書寫作，學為老圃，自釀果酒，自適自得，轉眼已邁過古稀之年。天涯逐客，想望自由自在，周遭晴暖，但願活得更好。當年曾是專制政權排斥的賤民，中年以後怕回鄉里；然而文人多情善感，「青帝喚我返瀟湘」（〈憶故里．鄉思〉），古華非不思鄉，思鄉蕩氣迴腸。湘人善歌，屈子遺韻，他的「望秦樓」子虛烏有，「秦」是中國的象徵。想望故國，懷念舊鄉，那片神州故里浮載著種種人與事。他最早的新樂府是二〇〇七年春天那首〈文星行・贈楊公憲益〉，懷念牛津出身的翻譯家楊憲益、戴乃迪伉儷；其次是同年夏天寫就的懷鄉七言古體〈詠家鄉風月〉，從這兩篇作品，即可見出這部新樂府集的懷人、思鄉兩大主軸。「唯楚有材」，湘楚古蹟名勝，文化祀典，儒教播揚，在在令人懷想，〈長沙憶舊・天心閣／嶽麓山〉以謹嚴精鍊的詩筆遙寄了作家綿長深蘊的文化鄉愁。

新樂府集包羅萬象，具體而微，可以窺見古華的自傳生平、奮勵過程、師友交往、文壇政壇的諸多形影，以及驚天駭地的時代動亂背景。有些敏感的話題，古華認為即使經歷風雨霜雪，史事不堪回首，仍要記存。而飽經滄桑之餘，神州依然令人想望。把書齋、住所名為「望晴居」，「望晴」何嘗不是託意遙深？望晴而復望秦，看似矛盾，卻也尋常，正見作家千迴百轉，無所逃於天地之間。《望秦樓新樂府集》便是作家回顧來時的路徑、頻頻回望的深情之作。

新樂府具有相當的古樂府韻味。標題如：〈文星行〉、〈鳳凰銘〉、〈公卿頌〉、〈新麗人行〉、〈天朝遺韻〉，古意十足；又如康濯是湖南人，稱他「湘君」；胡績偉、陳志讓是四川人，稱為「蜀公」，恍若穿越古今時空。〈靜夜思〉詩義切合題旨，標題卻套用李白名詩的詩題；〈老萊子〉十首一氣呵成，全在鋪描老來的生活樣態與活動，標題卻諧音轉用了「老萊子」的成典。〈園趣二首〉的〈老萊調〉與〈灌園樂〉也是「老萊子」與「灌園叟」的成典活用。整部新樂府集由〈望秦樓〉開篇，點明了懷鄉的主題；以〈京韻鼓詞〉煞尾，總挽樂府歌吟的意蘊。

這本新樂府集，有引人賞愛的逸興詩趣，出之以活潑俏皮的詞語，很有韻致。〈園趣又二首‧松鼠〉：起句稱「松兄」，結語關心「小友」，物我交融，有對話，有諒解，松鼠的形相與特性自然呈現。〈三魚圖紀事——懷念胡絜青先生〉轉述老舍夫人胡絜青約見時的活絡語調：「好個湖南鄉下人，譏誚連篇令捧腹。看似老實巴交貌，原來蔫壞全在肚！」憐愛、激賞之情極為傳神。〈老萊子‧耳鳴〉：巧用六十耳順的典故，耳順和耳鳴疊字修辭，把耳鳴妙喻為天籟。古華的幽默，也讓〈老萊子‧老饕〉帶了自我調侃的趣味。其他如〈戲吟郴州名勝‧高速火車〉，明白曉暢，融合古典，直接切入現實，蘊含深刻的諷喻。撫今思昔，古華也不惜自嘲。〈自嘲〉云：「我非是非人，是非纏一身。」套李白〈靜夜思〉的句式：「舉頭看領導，低頭怕草繩。」杯弓蛇影，黑五類出身避不了勞動改造、被批鬥，恨不得能落實《封神演義》土行孫的神話遁逃。總算遠遠逃離了，臨老卻懷鄉念舊。然而自己並不後悔，〈古稀年自詠‧笑后羿〉說：「嫦娥不悔偷靈藥，碧海青天苦禪心。」轉用李商隱的名詩，堅定表明了個人的心志。

古華常能以驚人之語，一語中的。〈續新麗人行．蘇予〉：「胡風天獄負罪身，跳進黃河洗青春。」蘇予因胡風冤案牽累，二十二年才獲平反，青春盡付流水，當時是跳進黃河也洗不清，七絕融為一句：「跳進黃河洗青春」，真是神來之筆。以「青春」賦詩，如下田勞改：「我居十四年，青春付鋤犁」（〈橋口紀事之一：詠青春〉）。更具強大震撼性的，則是「我付青春事驕陽」（〈橋口農場二十二首．歲月〉），痛惜政治高壓與領袖嚴酷誤我青春。他遣詞精切，〈莽山記憶二十首．亞熱帶雨林〉談及品種多樣、年代久遠，說：「百種千本混交生，曾與恐龍共星辰。」周到而切體。〈莽山記憶二十首．木屋〉七絕，淡出當年寫作《爬滿青藤的木屋》的時空，表述重過故地的感慨。

本新樂府集最饒興味的，莫過於去（二〇一四）年五月寫就的〈答文友生計問〉。傳聞上了網路，滾滾滔滔，說是古華製作仿古傢俱，唬弄番佬，歲入斗金。原來古華喜歡匠作活，撿拾遺棄的木板條，自己動手。小櫃小凳送人，實惠的則是打造了兩個車庫，兼作文庫，有了千卷詩書，也算富有了。他創作歷史演義來維持生計，揮灑筆墨的時候，「達官貴胄奈我何，禿筆狷狂任笑怒。」再也不必顧慮現實的壓力，寫作的天地無限開闊，得以「上窮碧落下黃泉」（出自白居易〈長恨歌〉）；而生活清簡，「安貧樂道」，天助人助，日子也就過下來了。此外，〈天朝遺韻．向日葵〉列在「時事．雜言」嚴肅、沉重的一輯中，但古華的詩筆，輕描妙肖，鋪陳實事，而諷諭詠嘆，令人讀來愴惻悲傷。「向日葵」太陽花，既是實體花，也象徵人。「兒唱向日葵，老子頷低垂。」是兒子鬥爭老子吧？「跟著太陽轉，吃苦又遭罪。」政策多變，不跟不行，艱苦受罪。被批鬥時，個人的尊嚴蕩然無存，而人人自危，昨是而今非，即使功臣將相，黨國元老，也可能一朝被貶為黑五類。古華只提一個問題：「後人嗑瓜子，誰解其中味？」餘韻無窮。〈天朝遺韻．反革命〉以口語入詩，鬥爭大會實況臨摹，人物口吻傳神，而以歷史批判煞尾，既憤慨又無奈。

新樂府集裡的詠物詩，多數描摹景物而又兼起興抒懷，詠人亦然，不免夾雜論議。唯其如此，新樂府集更耐人品賞。去年九月才定稿的〈竹品．春筍〉即可見出詠物的意境：「鞭節耕貧瘠，蓄力欲鼎山。」寫其堅挺，而竹的高潔，還有竹林天籟、眾鳥盤旋，令人讚賞。古華大半生文學因緣，得以走出困窘，展現才情，締造佳績，一路多虧許多貴人扶助。他滿懷感激，對於風浪中提攜的恩情，筆鋒時常流露。而大時代鼓動風潮，其中許多政壇、文壇曲折驚險狀況，他的詩筆也多所著墨。〈送湘君康濯〉讚美提攜後進：「康濯樂為孺子牛。」而先是「忍看師友人變鬼」，文革時也十年「作楚囚」，不得不慨嘆「才華多為鬥爭誤」。〈憶周揚三首〉，擬了三個非常具樂府風味的小標目：淚滂沱、勤鞠躬、苦垂範，微言諷刺。一者數陳造罪：「一生撻伐何其多……晚年懺悔淚滂沱。」二者揶揄他作孽，文革後：「逢會道歉傷殘多，逢怨鞠躬幸存活。」三者細數周氏誠心悔改，有意立法保障「創作自由」，卻受到公然的侮辱，另成一文字冤案。除了〈胡風詠嘆調〉這類嚴肅的長篇詠嘆之外，許多詠史的詩作滿含嘲諷的意味；〈北京遺事・廣場、春潮〉、〈高官誦〉都不難推敲出弦外之音。無疑這些作品未來也必將成為歷史撰述的珍貴參證資料。

離開故土之後，古華作品轉向歷史演義，發表的園地則和高行健、韓秀一樣，是在寶島臺灣。臺灣的編輯、出版人對古華敬重而又喜愛。除了八〇年代人民出版社編輯龍世輝之外，他感念臺灣的聯經、三民出版人；也緬懷既是知音又情同手足的「中副」主編暨詩人梅新。對於《文訊》總編輯封德屏主持的「紀州庵文學森林」，他援古頌今，讚揚文學活動的盛美、文化事業的綿延賡續。他最新成篇的〈緬懷張賢亮〉，題目下按語：「賢亮，吾之老友已矣，雖萬人何贖！」是沉痛莫名的悼亡之作。詩中歷數張賢亮的文學成就，嵌入張氏的許多著作，這「傷痕文學領頭羊」，曾因發表〈大風歌〉而被批判、勞改；六十歲以後又在寧夏創建影城，資產數億，結筆：「黃河大漠孤煙直，張氏傳奇垂天幕！」王維的詩句借用來點出影城所在，寧夏也正是張氏勞改十九年的地方，呼應詩中：「黃河故道曾牧馬，賀蘭山深作炭夫。」傳主逝世不過十天左右，此詩已吟就，古華果然才思敏捷。由此可知：古華雖身處海外，他與故交知友一直保持了密切的聯繫，這也正是新樂府集的第二輯「師友．人物」題材占了較大篇幅的緣故。古華新樂府歌吟的人物都非等閒之輩，尤其像楊憲益、沈從文、胡風、張光年、蕭乾、李銳、馮牧、周揚、康濯、胡績偉、丁玲、胡絜青等文化名人，在變亂的時代，命運沉浮，各有建樹，具見人物特質。就這點來說，這部新樂府集又可以當做出色的人物誌來品讀。

摹寫人物與吟詠史事，「人生百態浮世繪，紅塵萬象新史記」（〈贈老友陳第雄〉），恰好可以用來概括這部新樂府集泰半以上的篇章。

二〇一五年元月於臺北古亭

目次

師友·人物

家園・山水

望秦樓

吾愛望秦樓，別樣說風流。山環青玉帶，水繞綠田疇。
遠眺漢陽樹，隱然隋堤柳。門迎千里客，階送過往舟。
廊迴鸛雀影，徑沒花木幽。登軒吟風月，臨窗覽春秋。
漁樵閑話日，白雲時探頭。縱論風雲事，助興青梅酒。
三國硝煙遠，五湖龍蛇游。自古興衰業，代代生曹劉。
梟雄乘世亂，黎庶作芻狗。藉藉庸常我，豈忘家國憂。
度曲新樂府，能不憶神州？

二〇一四年八月八日

園趣二首

老萊調

入夜雨瀟瀟，日出光曜曜。園圃花點點，滿眼綠夭夭。
閑居賞心事，朝夕撫藤苗。豆角三尺長，蕨筍嫩瓊瑤。
紫芹爭雨露，紅莧弄風騷。韭黃欺霜雪，香椿節節高。
青蒜箭簇簇，蔥蒿何妖嬈。每逢清風至，瓜果競折腰。
萬般皆下品，老夫叢中高！

灌園樂

後園饒果木，春來翠鳥住。笑看灌園叟，龍泉當空舞。
平地生嵐煙，吵吵灑珠玉。風流不自持，綠茵松鶴步。
盤旋太極圖，陰陽萬千數。天地養精神，餐霞承仙露。
思接九丘天，視通八索書。五典施雲雨，三墳杳龍馭（註）。
湘靈傳韶樂，縴樹歌堯曲。巢父絕塵囂，日月長呵護。
五柳歸去來，神韻越千古。夫復何求哉！蓬萊在園圃。

註：三墳、五典、八索、九丘，皆為上古傳說典籍，古今無從閱讀。

二〇一二年七月二十三日

園趣又二首

松鼠

松兄吾老友，常坐樹梢頭。搔首愛弄姿，小眼滴溜溜。
來去拂清氣，跂蹓好身手。果熟牠先嚐，四處咬幾口。
吃梨嚼蘋果，任食滿地丟。有時思無時，爾棄吾予收。
松兄明此言，彷彿也知羞。從此遺珠少，從善亦如流。
採摘留若干，任其慢享受。木葉紛紛下，天涼好箇秋。
嚴冬冰雪至，洞穴足存留？霜凍可熟睡？防寒草葉厚？
來年秋熟見，會否攜小友？

梅子酒

西梅枝椏彎，九月果熟焉！纍纍垂紫玉，綴隱綠葉間。
滿園香飄逸，望之生津涎。曹瞞今何在，三軍已杳然。
主人忙採收，豐獲十數筐。四出贈朋輩，朋輩視尋常。
梅果易熟腐，唯予製汁漿。橡桶試家釀，藥引添蔗糖。

攪拌依次第，地庫善封藏。兩載地氣足，淨手方開缸。
芬芳滿屋宇，玉液透金黃。分裝琉璃樽，樽樽誘醉饞。
皓腕重當壚，紅袖又添香。老夫不自量，聊發少年狂。
頭樽助詩興，再樽稱豪強。三樽近雲曙，四樽登霄漢。
眾神八方來，祥雲升冉冉。玉宮舞嫦娥，瑤池動仙班。
醺然邀懷素，相攜跨青鸞。銀河蘸禪杖，狂草兜率天！

二〇一二年九月二十九日

嘉禾三景

珠泉

吵吵涌銀豆，萬千如星斗。花石斑斑現，明澈透鏡幽。
蔚為奇觀哉！清湘入城流。家家臨碧玉，戶戶皆上游。
天賜自來水，炊飲足鮮口。城居有規約，洗滌外碼頭。

街坊皆潔癖，習俗來遠久。代代享珠玉，天設地成就。
不知何年月，清流成濁溝。嘉禾第一景，于今不復有。

丙穴

丙穴產嘉魚，相傳自上古。上古堯舜時，游鱗手可掬。
天地皆和順，萬物競膏腴。我來千年後，人世幾榮枯。
丘巒顏未改，潛流沙礫注。洞口僅容身，寒氣襲簌簌。
青皮舉火入，多說見仙窟。明燭千萬枝，往來皆異服。
娘娘蓮座上，殿堂世間殊。洞天玉為食，無須勞禾黍。

仙人橋

舂陵出九嶷，流經嘉禾驛。驛下渡頭險，人舟時覆滅。
仙家劈南山，驅來兩巨石。巨石隔岸傾，相傾支崖壁。
崖頂築長亭，東西通商旅。崖下跨激流，南北行舟楫。
昂首接青雲，俯瞰人如蟻。仙家造仙橋，水陸兩便捷。
至今車馬喧，仰仗此神蹟。

二〇一三年五月

芙蓉里

步入芙蓉里，遲遲過蓮塘。芰荷鱗波涌，阡陌稻花香。
粉牆垂楊柳，黛瓦映海棠。蒲葵依曲徑，蕉叢列幽巷。
幽巷通靈境，石橋照佛光。僧尼皆祥和，往來無時尚。
寺鐘慈航水，舟楫南海舫。大士蓮枝俏，笑我半生忙。

二〇一四年十月二十日

米豆腐

嘉禾米豆腐，粒粒羊脂玉。汆入老例湯，晶瑩何醒目。
紅油泛霞光，香蔥點翠綠。佐以筍肉片，豆豉黑珍珠。
軟嫩賽膏飴，爽滑似魚肚。入口即融化，鄉間尋常物。
人皆持海碗，朵頤享口福。本是農家餐，不曾列食譜。

自從芙蓉鎮，此物上銀幕。豆腐出西施，或已入御廚。

二〇一五年一月八日

瀟水三首

瀟水

灩灩瀟湘水，銀鱗出翠薇。玉帶繞九嶷，漁歌逐山隈。
娥皇女英去，斑竹長葳蕤。無盡舜帝情，千里流嫵媚。

九嶷

曾遊九嶷地，舜帝山作陵。峭壁藤蛇舞，古刹不見僧。
深峽問漁樵，多是爛柯人。三皇五帝事，誰能識偽真。

道縣

道縣古州郡，理學出聖人。瀟水瀉澄碧，田園四時春。

爭奈承平日，階級掀仇恨。仇限釀殺戮，文革起彤雲。
縣社施號令，地富務除盡。半歲嬰幼兒，隨母葬天坑。
無辜兩萬九，瀟水血殷殷。浮屍三百里，沿岸遍冤魂。
堵塞湘江口，不得下洞庭。

二〇一三年七月五日

故園芭蕉三首

故園芭蕉

故園有芭蕉，青聳籬笆角。招搖三五叢，玉柱丈八高。
枝肥葉闊壯，天生翡翠嬌。蜻蜓頻起降，彩蝶嬉綠濤。
風來巨扇舞，雨打清平調。晴日展澄碧，月夜詠離騷。
放浪山水地，蓬勃鄉曲豪。黛瓦粉牆院，至今夢魂繞。

鄉井

鄉井傍旱路，日夜哺珠玉。盛夏透心涼，嚴冬生暖霧。
長年溪源頭，夾溪皆古樹。滋滋育田畝，欣欣向園蔬。
商旅供止渴，汲水多村婦。逐浪小鴨童，牛飲大丈夫。
感恩掘井人？村民皆瞋目：此井開天有，功德歸盤古。

清溪

清溪何處來，潺潺如玉帶。水裡魚蝦戲，岸上野花開。
古木投蔭翳，巉崖升煙靄。林梢百鳥喧，籽實饒蟋蟀。
藤蘿護獸窟，頑石滿蘚苔。緩時閃晶瑩，急時喧湍瀨。
噴奔落深谷，銀練飛虹彩！我欲尋歸旅，日夕隨天籟。

二〇一三年五月六日

夢河漢四首

觀螢火

點點亮荊叢，閃閃有無中。悄悄廣釁集，灼灼如游龍。
疑隱千軍陣，萬籟伏兵戎。忽見天星亂，宛若展神功。
銀豆億萬粒，璀璨滿夜空。夜空生河漢，灝瀚宇宙風！

夢河漢

夜靜草蟲鳴，天邊墜流星。憑檻觀河漢，遙思舟楫迎。
未幾童子至，道長執拂塵。冉冉祥雲上，攜我遊玉清。
玉清花如海，仙姬舞紛紛。多問下界事，神州幾經秦？

望星空

昔人望星空，險遭霹靂轟。恩准向地府，日夜演兵凶。
天心不可測，龍顏變幻中。興來鹿為馬，怒起劍鞘紅。
天上無二日，地下成一統。萬民唯拜舞，豈可羨碧空！

唱紅曲

皇帝輪流做，將相本無種。成王敗寇事，何來好血統。
老子得天下，兒孫盡分封。碩鼠滿東土，綠林踞禁中。
打砸搶抄抓，吞噬源祖宗。庫銀轉歐美，大廈已蛀空。
可憐薄三兒，爭鋒陷囚籠。日薄西山暮，猶自妄唱紅。

二〇一三年四月二十八日

油茶林

故里油茶林，鬱鬱紅土嶺。遠望似兵陣，綠甲伏地行。
近看類灌木，冠蓋翠生生。烈日任曝曬，霜雪任欺凌。
苦旱不落葉，狂雨乃堅挺。秋冬無異態，持節四季青。
無人予修剪，物賤天生成。枝柯硬似鐵，刀斧利刃柄。
春來綻茶苞，甜脆白嫩茸。村童爭相食，山女笑盈盈。

金秋果滿身，累累垂綠蔭。茶果百千擔，豐獲遍鄉鄰。
榨坊水輪轉，碾壓石盤滾。巨杵聲聲吼，茶餅寸寸緊。
咕咕流金液，芳香十里聞。悄悄作奉獻，天然產極品。
船裝車載去，造化天下人。壯哉油茶樹，鐵骨青枝身。
默默自繁盛，窮壤育奇珍。但笑千山木，何須苦凌雲。
天下為政者，請効油茶林！

二〇一四年八月十二日

竹品二首

春筍

春宵萬籟喧，草樹競妖妍。鞭節耕貧瘠，蓄力欲鼎山。
一朝地氣足，破土露羞顏。尖角麻褐色，斑點花衣衫。
探身看世界，群落遍重巒。皆有凌雲志，簇簇沐嵐煙。

珠露細細灑，惠風陣陣暖。甲殼層層脱，玉莖節節攀。
不日萬竿起，綠幟舞山川。笙簫繞青雲，羽族任盤旋。
翠浪碧天上，繁盛又一年。試問紅塵物，誰人與比肩。
惟她全志節，了卻天地緣。

竹品

人間重竹品，葱鬱千山春。器識滿天下，簡冊通古今。
揮管馳文彩，持笏上朝臣。烏篷江南艇，長竿釣渭濱。
絲竹聲聲慢，牧笛伴歌吟。三餐動雙箸，玉蘭入八珍。
筐籃箕簍席，榻椅遍鄉村。鞭牛催春事，簑笠護農人。
一竹百千用，無分貴賤論。柔韌至繞指，剛直投清蔭。
驀然驚回首，萬柱翠森森。彷彿玉世界，紛呈勁節身。
瀟灑藍天上，鳳尾掃白雲！

二〇一四年九月下旬

自嘲

我非是非人，是非纏一身。赤條來世上，忝為炎黃孫。
身長一米七，芒鞋葛布巾。慎言唯諾諾，慎行戰兢兢。
手有縛雞力，胸無半兵丁。舉頭看領導，低頭怕草繩。
常愁隔夜糧，晨起腹空鳴。三次失學業，無處訴公平。
少年逢大運，修理地球村！農場十四載，筋骨勞艱辛。
躬耕苦心志，鞭牛易忘形。階級成分高，老天降大任。
位居黑五類，榮登牛鬼神。花花大字報，能不汗津津。
文革尿褲子，四面打殺聲。恨無遁地術，羨煞土行孫。
卻喜南柯夢，美夢蓄精神。不甘陷沼澤，長夜生異心。
悄悄習翰墨，賊膽妄寫真。位卑思傾國，奢望易乾坤。
腦後魏延骨，似有祐護神。紅日終墜海，政治翻燒餅。
我亦逢時運，一朝謬成名。金榜題氏姓，風光一時升。
委員加代表，年年朝帝京。奈何膽又小，餘悸時時驚。

恐懼返沼澤，再陷淤泥深。隻身飄海外，彷彿遊上清。
羞言興衰事。厭看走馬燈。天高皇帝遠，免做鸚鵡臣。
人笑渡東海，臨老思蓬瀛。

二〇一四年七月三十日

霜鬢吟

攬鏡憐霜鬢，慣見抬頭紋。眼花少旁視，耳背拒緋聞。
牙口尚堅利，兼顧素腥葷。日夕幾海碗，三餐掃殘雲。
生平遠煙酒，寡慾自清心。晨起五千步，勁走為健身。
額角微微汗，胸臆陣陣新。無懼坎坷道，避讓往來君。
呼風不喚雨，吐納求舒勻。虎步何雄哉！六合歸煙雲。
瘦骨老益健，經絡暢乾坤。妙哉天地氣，不敗是青春。

二〇一四年十一月二十八日

鄉情八首

石拱橋

石橋幽澗一洞天，橋上星月橋下眠。橋洞滿掛薜荔果，此去瀛洲第幾山？

捕蜻蜓

小兒手執蛛網竿，蜻蜓遠在露荷間。水塘蛙聲頻訕笑：牠有翅膀負你頑？

扯竹筍

雨後刺蓬綠陰深，遍地筍尖似插針。妹子赤足蛇行入，明日逢墟換頭巾。

採菇子

菇子撐傘樹下藏，胖胖墩墩露羞顏。今朝邀爾陪客去，八珍席上第一鮮。

油榨坊

山莊榨坊入深秋，力士巨杵動地吼。鐵木楔頭寸寸進，天下無我無珍饈！

鴨司令

鴨群呷呷鬧下河，千軍萬馬揚清波。鴨童岸上吹木葉，氣定神閑學諸葛。

水車屋

小河湍急水車旋，五谷登程走磨盤。米麵紛紛爭上市，社稷幸此少荒年。

玉米

望眼青紗接天雲，綠衣重甲護金身。千顆萬粒佛珠玉，普渡苦海眾蒼生。

二〇一一年十月

憶故里十首

渡關山

故里飛花九嶷東，千里雲霞燕脂紅。遊子天涯歸未得，且渡關山在夢中。

村景

野竹芭蕉白院牆，武陵桃花碧玉潭。蓮動漁舟搖翡翠，娥皇女英採湘蓮。

籬笆牆

綠肥紅瘦黃白花，藤蔓瘋瘋繞籬笆。晨起壁畫最鮮活，輕踩露草摘豆瓜。

野童

松檜翳日不見天，千樹萬樹響杜鵑。野童競攀凌雲木，靈猴樹梢盪秋千。

村女

重重雲霧重重山，重重山花醉若燃。村女放牧雲瀑裡，歸來都戴野花冠。

搗衣

田田芙蕖夜妖妍，依依垂柳淡淡煙。織女搗衣愛月色，卻羞來人是牛郎。

蓮藕

藕斷絲連是至言，管管通暢節節長。深埋污穢白潔身，綻放荷花十里香。

變故

遙知故里入時流，玉潭夷平聳官樓。煙囪傲立松檜盡，桃源何處覓漁舟？

出山

深澗騰躍眾獼猴，巉崖霧鎖湍急流。行盡谿口天開處，驚見平川無盡頭。

鄉思

山岳繽紛紅杜鵑，青帝喚我返瀟湘。魂牽夢繞入花海，且認他鄉是故鄉。

二〇一一年九至十月

詠家鄉風月

二〇〇七年六月於香江都會馭第一座林府與長兄羅鴻奎相聚數日，吟長句相贈，以寄鄉思。

萬綠山丘二象村，四維子孫同脈根。先祖捕鳥有姓氏，北國遷徙到春陵。
春陵銀鱗出九嶷，舜帝南巡無歸程。娥皇女英化二象，斑竹遺愛留村名。
村前一串碧玉潭，北斗七星落人寰。田田蓮葉搖翡翠，依依垂柳生綠煙。
芭蕉野竹繞牆院，豆架瓜棚掩山房。村後松檜莽蒼蒼，村童習戰喧鬧歡。
春夏蕨筍採不盡，雨後青山最耐看。林濤陣陣來天外，夜夜鄉思伴無眠。

二〇〇七年七月上旬

戲吟郴州名勝十首

余居郴州二十餘年（一九五九—一九八二）。郴州東北郊名勝蘇仙嶺向稱南國第十八洞天福地。山頂有仙佛共處之蘇仙觀，為晉代所建。景點有跨鶴臺、橘井、三絕碑、白鹿洞、囚張堂等。晉丹士葛洪著《神仙傳》，收蘇耽出生無父被棄、白鹿哺乳、白鶴御寒成長為濟世名醫得道成仙故事。北宋蘇門學士秦少游曾流徙此地，寫下傳世名篇〈踏莎行．郴州旅舍〉，後蘇軾作跋、米芾書法刻於巖壁，稱三絕碑。抗戰時期則囚禁過張學良將軍。

蘇仙嶺

崔嵬無須寄仙名，郴江水靜照巒影。媧皇補天我同在，何來郎兒稱聖靈。

蘇耽

無端女孕降奇嬰，禾草貫魚作氏姓。天地成就非婚子，遍及文武和神明。

橘井

蘇耽濟世發橘井，日飲一瓢祛春瘟。傳説自有迷人處，慰藉古今無醫民。

跨鶴臺

跨鶴臺下郁青松，絕壁突兀四季風。既是愛民如父母，何又飛升赴蒼穹。

挑伕

千尋石級繞梵音，負重登臨苦健身。無有福田亦長壽，猶勝富貴禮佛人。

仙佛共處

亦觀亦寺凌絕頂，老聃如來一殿供。從來佛道能共處，緣何頂戴血染紅。

三絕碑

霧失樓臺悵離愁，月迷津渡嘆少游。三絕碑下逐客淚，學士千古詞風流。

囚張堂

祥雲冉冉隱庵堂，抗戰曾囚張學良。少帥一生三易幟，修佛修道入教堂。

香火

十八洞天誰序成，葛洪丹爐蒿森森。若問宮觀香火盛，世道人心溝壑深。

高速火車

船到郴江無上游，人到郴江多楚囚。流放故地築高鐵，春宵一刻下廣州。

二〇一四年六月下旬

長沙憶舊二首

天心閣

天心高閣凌霄起，鳳舞鸞翔雲霞裡。飛檐眺望日月升，城堞俯瞰魚龍戲。
黃花東去向瀛海，嶽麓西峙呼赤壁。橘洲江心過鰲鱉，白沙城南流綠蟻。
四水銀鱗下洞庭，三湘風月來眼底。殿堂赤柱擎青史，瓊樓碑銘傳讖記。
樂聞雷霆鎮魍魎，笑看風煙鎖熊羆。十萬燈火繞長沙，巍巍高閣鼎天地。

嶽麓山

嶽麓青聳鬱蒼松，綠濤萬頃上碧空。絕頂蜃樓迷海市，丹霞翠霧雲麓宮。

二〇一三年四月四日

白鶴泉鏡照童子，千尋石級健嫗翁。霜林停車醉杜牧，愛晚亭樹聞寺鐘。
唯楚有材朱夫子，代有鴻儒出隆中。學府雲集環抱裡，綠野書聲育龍鳳。
龍飛鳳舞為社稷，驅雷馳電播葱蘢。縱使社稷歷興衰，不改嶽麓馭天風！

二〇一三年六月二十三日

楊梅樹

遙念野嶺楊梅樹，凌霜傲雪少贊譽。世人只道松竹節，忽卻梅樹終生綠。
春來葳蕤不見花，盛夏青枝綴紅玉。蕭颯秋冬萬木枯，唯她蒼翠饒馥鬱。
立身窮壤有犟骨，鑽地十丈根廣布。耐旱耐寒耐貧瘠，無病無災無蟲蛀。
枝繁葉茂昂然軀，年年結果紅簇簇。顆顆粒粒惹生津，酸酸甜甜招人妒。
凡間凡果誰與似，健脾健胃清耳目。濃蔭半畝翳酷暑，習習清涼瑤池沐。
漢皇三軍望止渴，黃巢游擊避風雨。蘇軾南徙且納涼，洪武營帳曾盤踞。
北伐將士夜舉炊，紅軍西遁消息樹。古今遷客頻往來，牧童嬉繞無重數。

世態炎涼奈我何，任爾榮枯我如故。笑問紅塵幾許人，功名利祿輕煙霧。
潑天豪富又何如，終歸閻羅生死簿。帝王不過三抔土，天下酸甜任評述。

二〇一二年一月二十八日

湘蓮曲

洞庭煙波八百里，氣蒸雲夢渺無極。荷花仙子今何在，唯留根節臥湖泥。
泥淤千丈埋名姓，莖通九脈蘊玄機。孜孜吸納求壯碩，默默蟄居候時序。
忽於一夜東風來，玉箭森森破水起。探身藍天見世界，沐浴春暉綻笑靨。
千株萬株搖翡翠，綠浪波翻舞虹霓。荷露瑩瑩溜霞光，蜻蜓點點繞旭日。
青蛙鼓唱碧傘下，紅鯽游弋清蔭裡。更有芙蕖張艷幟，百里荷花新天地。
輕舟朝發採蓮女，蓮歌暮歸眾仙姬。如來弘法乘蓮座，觀音濟世執蓮枝。
謫仙心儀號青蓮，最喜天然無雕飾。世人問從何處來，國色天香自西域？
來處來，勿置疑，今時繁華非昔比。萬物榮枯歸其根，世事盛衰是更替。

不見深秋湖水涸，湖人紛紛掘湖泥，憚心竭慮尋收穫，連根拔起窮凶極。
白白胖胖一支支，恰似哪吒嫩膀臂！嫩膀臂，如山積，牛車馬車運不歇。
五湖四海供享用，老少咸宜快朵頤。世道無情我有情，幸留餘脈在湖泥。
任他波涌連天雪，任他水闊魚龍戲。咬定湖底植慧根，生生不息是天意。
赤裸精誠重輪迴，一年一度復壯麗！

二〇一二年二月九日

古稀年自詠二首

笑后羿

煮字療饑五十春，湖海飄零是客身。著書只為避秦火，行觴權當憶湘音。
曾經煉獄浴污穢，豈望青霄降甘霖。中年孤旅脱桎梏，楓葉國中不孝人。
母墳家山未祭奠，父骨天涯何處尋。如若文章解傾國，何勞紙馬作逐臣。
嫦娥不悔偷靈藥，碧海青天苦禪心。

贈大師

聞道神州歌舞新，風流富貴紙迷金。漢皇又祭招魂術，倦鳥紛紛投舊林。
低眉斂目面權貴，皓首歡顏享杯羹。少年亡命為活命，臺港歐美受教恩。
父兄遺骸葬臺海，共和未竟目未瞑。背棄慈恩事新主，華髮多情日尋根。
玉階丹墀候謁見，鑾輿偏殿賜平身。親切交談免拜舞，大師桂冠紅花翎。
伯夷叔齊食周粟，四皓沉淪輔寡君。

二〇一一年一、二月

靜夜思三首

之一

嘗聞人間有天堂，天堂應憐著作郎。禿筆一枝無它物，毫兵萬眾少李廣。
清歌幸能傳皓齒，文章聊以慰饑腸。生平好議天下事，臧否古今自張狂。
萬里不歸老益健，野鶴閑雲任翱翔。問道番邦容異類？此心安處是吾鄉。

之二

林遮霧隱古院牆，櫛比鱗次彩雲間。殷勤淅瀝一夜雨，日出煙消天香園。
門前潺潺清溪水，夾岸款款芙蕖鮮。時有白鶴來梳妝，相伴西子浣霓裳。
童子放牧逐雲霧，樵夫觀局爛柯崗。翁嫗嘮叨堯舜日，不知世上有漢唐。

之三

盛衰榮辱轉頭空，萬事歸來皆是夢。堪笑稱孤浴血火，何如陶朱五湖風。
霸王烏江虞姬泣，高祖崩殂呂雉雄。弑兄滅弟秦王業，馬嵬香魂怨玄宗。
宋元明清頻宮變，紅朝奪嫡演兵凶。何時神州生囈語，跳蚤原來屬龍種。

二〇一三年九月中旬

壬戌年盧山渡夏兩首

渡重巒

天高夜色沐清涼，臥看牽牛到匡山。朝夕漫步乘嵐氣，行走雲瀑渡重巒。
時有大霧入混沌，倏忽煙消近碧天。仙人洞內無童子，錦繡谷中多花仙。
白鹿書院殘垣在，東林寺鐘繞經幡。氣吞雲夢含鄱口，一覽九脈五金蓮。
虎溪慧遠今何去，謫仙樂天亦杳然。牯嶺星羅洋別墅，誰謂此地非塵寰？

美廬

牯嶺別墅曰美廬，巖刻蒼勁蔣公書。昔日夏宮避炎暑，曾是總統夫婦居。
白木書案筆硯在，青花被褥呈素樸。倡行健康新生活，富國強兵有宏圖。
麾下廬山軍官團，全民抗戰作先驅。浴血八載江山改，哀哉美廬亦換主。
綠林梟雄成霸業，逢上匡山必入住。書案床榻無異動，窗幔燈飾如當初。
蔣公榻第踞新王，一飽江山占有慾！一九五九諸侯會，翻手為雲覆手雨。
獨夫臨朝奸佞舞，忠臣良將遍整肅。成就來年大饑荒，天下餓殍滿通衢。
人口銳減四千萬，官家至今禁書錄。犬儒怪罪廬山會，匡廬匡廬你何辜！

我來仙鄉浩劫後，清涼世界吟歌賦。美廬已然成聖蹟，勿忘此中藏垢污。

二〇一三年六月二十七日

普陀山

一九八三年七、八月間，曾居普陀山消夏月餘，飽覽舟山群島風光。有一名勝曰「不肯去觀音」，傳說觀音大士渡海東瀛（日本），到普陀山即駐足不前，無意東行，云云。一九八三年時大陸省市尚未出現旅遊潮，島上遊人甚少，真佛國淨地。

海天佛國普陀山，我來面壁值暑炎。清風徐徐花引路，紫氣冉冉鹿爭先。
殿宇巍峨梵淨地，瓊島青聳誦經壇。登臨日照諸天近，耕耘福田雲霓間。
綿綿鐘鼓傳下界，聲聲梵唄入廣寒。崖下觀音不肯去，東瀛菩提少慈航。
我問方丈緣何事，佛曰萬事皆隨緣。

二〇一五年一月二十六日

櫻桃樹二首

醉八仙

我種櫻桃遠南山，五柳先生或眼饞。十年葳蕤亭亭樹，仲春繁花灼灼燃。
暑氣薰蒸瑪瑙熟，煙雨浸潤紅珠鮮。滿園豐碩關不住，纍枝綴玉令垂涎。
日夕烏雀頻相顧，晨昏蜂蝶採酸甜。彭城高士莫惆悵，我開柴扉迎先賢。
年年家釀櫻桃酒，歲歲宴客醉八仙。種菊種桃吟清句，千古樂事入田園。

遠市囂

最喜後園事櫻桃，當年移來嬌小苗。四時甘露任滋益，歲月霜雪育鳳條。
根深葉茂緣地肥，枝繁花璨賴水好。屢嘆玉樹生命旺，時驚絳株品貌高。
每於日午清蔭臥，惠風熙和竹床搖。耳聽惟能聽蟬唱，目澈未及數飛鳥。
宦途每常通天獄，生平何須弄風騷。怡然山林學巢父，俚歌處處渡春宵！

二〇一五年五月八日

泰山五首

登嶽

九聞岱嶽一線天，千尋雲梯巉崖間。只為一覽眾山小，遊人如猿競攀沿。
一俟躍上玉皇頂，或乘一葦渡重巒。

喚月

岱宗夏夜玉色涼，望月亭柱半空懸。天街誰唱雲南曲，月亮汪汪情纏綿。
小河淌水何處去，阿哥今夕近廣寒。

佛光

雨後新晴生嵐煙，南天門上耀佛光。遊人住足屏聲息，仰觀俯瞰驚璀璨。
金光萬道兆祥瑞，改元或可在來年。

封禪

秦皇東巡齊魯原，祭祀岱宗行大典。橫掃六合豐功業，何須山嶽授神權。
神權何又沙丘沒，三戶亡秦作笑談。

題壁

誰人風流到此山，絕壁題句滿崖間。鴻儒墨寶留勝跡，御筆巖刻為江山。
歲月風雨長剝蝕，任是不朽也枉然！

二〇一五年一月二十九日

煙台

東鄰威海西蓬萊，昔年兩次赴煙台。主人好客留別墅，東山館舍瀕渤海。
綿延百里金沙岸，風林透迤翠玉帶。近有棧橋臥清波，煙雨小亭垂釣臺。
垂釣臺下學太公，文王路遙不復來。沐浴日光半天體，頑童嬉戲沙堆埋。
浪裡白條誰張順，阮氏豈是弄潮兒。但見風帆貼水飛，更多漁艇忙趕海。
漁家灘頭售肥蟹，代烹佐酒客開懷。三五老饕遂豪興，斗酒無詩笑李白。
入夜相隨雷司令，酣醉仙鄉跨虹彩。醒來躍入碧波中，任由風浪洗塵埃。

二〇一五年一月二十七日

張家界二首

張家界

千崖競秀到仙鄉，萬柯爭榮不耕田。石笋拔地聳青柱，青柱森森插碧天。
藤葛纏盤深坑凹，野蔓紛披生嵐煙。頑猴攀附水簾洞，鷹鴿翻飛戀嶂巒。
朽株新發凌雲木，苔蘚長覆地衣衫。龍吟迴蕩幽谷裡，虎嘯聲震高山巔。
亘古蠻荒無人跡，一朝開發車馬喧。十里畫廊索溪峪，百臺觀景天子山。
巉巖疊翠黃石寨，銀瀑直下金鞭灘。鬼斧神工天地造，蓬萊幻境落人寰。
長年遊客五百萬，湘西名勝武陵源。

猛洞河

猛洞淵泉武陵源，呑雲吐霧出荊蠻。時而溫順如處子，轉瞬野馬著神鞭。
澄練崩雪相變幻，大陵風物下鳳灘。百里鳳灘綠漾漾，四維山寨雲水鄉。
苗家阿妹佩銀飾，為赴歌會著靚妝。土家姐子木樓下，巧編竹蓆望情郎。
樵夫愛唱趕山調，鳥雀喧嚷大林莽。山戀碧水水戀山，漁父放釣船上眠。

二〇一三年七月四日

月白風清天地靜，萬物祥和歸自然。若無官家索徭賦，最喜天高皇帝遠。

二〇一三年七月十六日

洞庭湖十六首

一、洞庭湖

曾入洞庭觀寥廓，楚天風月聽漁歌。多情最是芙蓉水，吞吐長江萬里波。

二、行色

楚天氣蒸雲夢澤，蘆花千里壯行色。唯楚有材天下事，多少賈生是過客。

三、蓮塘

小荷齊露尖尖角，千頃田田翡翠妖。一朝惠風開佛國，萬卉生輝上紫霄。

四、蓮子

玉莖玉杯神仙果，佛陀佛珠蓮花座。日月精誠凝籽實，為向人間施喜樂。

五、醴泉

常德德山山有德，長沙沙水水無沙。湘靈鼓瑟傳遺愛，醴泉飄醉至天涯。

六、渡口

雲瀑雨幕欲渡津，船泊遠岸似隱形。千呼萬喚簑翁至，郎赴龍宮求功名？

七、三閭大夫廟

萬里清輝灑細鱗，千古風波唱洞庭。屈子詞賦汨羅水，載舟覆舟故國情。

八、鄉情

人稱三湘芙蓉國，又說四水桃源多。不見湖周泥沼地，九旬老翁尚耕作。

九、漁汛

漁家載酒踏波行，秋風乍起喜魚汛。月下蕩漾迷魂網，晨起霞光滿銀鱗。

十、沙洲

漁童揮槳逐浪流，舢板送我上沙洲。遍地俯拾野鴨蛋，荒島竟是好園囿。

十一、三英廟

華容道上古戰場，義薄雲天走曹瞞。英雄一生身首異，應悔江山私情緣。

十二、魚號

白髮漁父說楊幺，千舸萬艇起狂飆。三百年前洞庭反，灘涂猶多鏽鐵矛。

十三、君山

岳陽樓上望君山，山在煙波浩淼間。娥皇女英斑竹淚，千古猶戀堯舜天。

十四、岳陽樓

范公不曾訪岳陽，手書樓記傳典章。憂樂遺教巴陵郡，自古漁樵唱興亡。

十五、銀魚

無骨無鱗通體明，細如銀簪冠八珍。皇家貢品捕撈日，官船鎮守到湖心。

十六、蘆葦紙

青紗翠浪涌長天，蘆蕩森森入大荒。蔡公幻化白玉箋，萬千柳穀傳書香。

二〇一三年十二月上旬初作，翌年二月改畢

再唱洞庭十首

一、糧倉

三湘稻浪連天雲，千里豐饒鋪黃金。九月重陽開鐮日，天下糧倉在洞庭。

二、戲言

湘子多情妄自傳，民風嗜辣性剛強。娥皇女英皆北妹，湘妃多是扈三娘。

三、楚腰

楚腰婀娜舞歡場，女兒纖體美骨感。為悦官人寧餓死，至今江東少壯男。

四、漁父

漁父月下唱九歌，蒼勁悲涼似海螺。攪動古楚雲夢水，喚醒三閭出汨羅。

五、渡牛郎

夕照雲霓霞滿天，層層金鱗照宇航。瞬息霞落碧空淨，只留銀河渡牛郎。

六、漁船屋

漁家老小一條船，白日撒網夜作房。娃兒繫繩防落水，長大又做打漁郎。

七、超生島

荒島茅棚水茫茫，超生孕婦作產房。娃兒周歲認鄉里，母子下跪似歸降。

八、飢兒

洞庭熟，天下足，路有飢兒牽母哭。娘求溫飽棄家去，誰教苛政猛如虎。

九、漁童

漁童事我如長兄，日日牽手風浪中。下水莫近釘螺岸，弟已染有血吸蟲。

十、不思魚

我隨漁船二月餘，體驗捕撈學功夫。漁家三餐飽湖鮮，洞庭歸來不思魚。

二〇一五年一月

洞庭漁鼓三首

採湘蓮

映月荷花水中仙，洞庭湖畔枕濤眠。魚米家國古楚地，芝蘭玉樹入桃源。
金雞報曉紅霞起，舸艇喧嚷翡翠灘。多情漁妹拂清露，千頃芙蓉天地鮮。
楚楚蓮房含珠實，淡淡素妝俏嬋娟。漁歌小曲蕩舟去，凌波湘娥採湘蓮。
採湘蓮，浴天香，無盡國色雲水間。

望歸帆

巴陵故郡飽滄桑，岳陽樓上望歸帆。屈平南來索天問，賈生北去說神仙。
杜甫晚景孤舟入，仲淹樓記乃高懸。歷代聖傑成過客，天下興亡豈笑談。
匹夫如有廊廟策，何勞群雄逐中原。大江東逝風波盡，物換星移年復年。
回望淼淼洞庭水，漁火點點入雲煙。

問蒼天

秋風瑟瑟水天寒，漁鼓弦子唱瀟湘。官船苛政猛如虎，銀魚稅賦入關防。

漁家日日櫛風雨，侯門歲歲壑難填。水滸澤國雲水怒，洞庭風雷鱗甲狂。
千舸萬艇響螺號，逼多少楊妖造反！城頭頻換大王旗，終歸黎庶遭塗炭。
悵寥廓，問蒼天，怎生平息這風風浪浪？哪年月有堯天舜日，草民家室得安祥。

二〇一四年十一月中旬

北京紀事十首

八達嶺觀長城

萬里城堞赴蒼茫，千古狼煙起大荒。霸業以為傳不朽，築牆未及救秦皇。
孟女一哭八百里，望夫石淚對北疆。蜿蜒長蛇龍威盡，閉關稱雄帝制狂。
外夷鐵騎代代入，高牆何曾挽危亡。改朝換代因暴政，江山處處是關防。

北海公園

閉園十年絕俗緣，回歸官家御花園。主席漫步吟秦政，江青策馬越芳甸。

老帥垂綸釣鰲鰲，洪文弓法對飛燕。懼見禁軍演擒拿，回首東皋是煤山！
帝苑陰鷙多少事，血腥羶臊深宮院。我來遊園文革後，白塔依舊笑雲煙。

故宮

千年帝制遺故宮，皇威盡在紫禁中。正殿偏殿百十座，長門閶門千百重。
慣聽閹人娘娘語，時有嬪妃血殷紅。正大光明燭幽微，普天同慶末日鐘。
清亡軍閥曾入駐，幸無洗劫賴梟雄。今遊宮闕同廟會，日湧十萬主人翁。

長安大道

大道雄渾貫長虹，兩川對流車如龍。廣場城樓中軸立，華夏櫛比競碧空。
入夜燈海璨星海，銀河驟降燕山東。北京模式集權制，大國崛起王者風。
漢唐盛世過往事，東方醒獅求大同。主義輸出新蹊徑，一路一帶世紀雄。

新廈風景

帝都新廈求新奇，各顯神通拔地起。中南海前隆八卦，廣場中央立墓地。
奧運場館築鳥巢，大褲衩樓無膀臂。塑膜充氣水立方，北京西站啥家什。
古色古香大都城，不中不西敗綱紀。倒是當年十建築，雄峙至今持瑰麗！

頤和園

海軍軍費造天園，昆明醴泉賀壽筵。淼淼碧浪小渤海，片片白帆勝征帆。
知春柳堤鳴黃鸝，十里長廊隨畫舫。佛光高閣鑲金玉，諧趣庭榭起京腔。
蘇州御街趁集市，花花流水內庫錢。甲午一戰水師滅，惟餘禁苑辟公園。

天安門廣場

天字一號多國殤，燕京王氣已黯然。萬株松柏繞紫禁，四圍宮闕隱龍泉。
自由山呼生死地，民主海嘯血祭壇。五四六四傳青史，七一十一夢百年。
城樓霧霾深深鎖，四海雷霆隆隆喧：憲政普照神州日，吉慶久安駐江山。

景山

景山亭樹日色昏，大明風光看兒孫。末代寡君撐危局，乾綱獨斷數崇禎。
凌遲大將開邊患，魚肉百姓滿朝臣。奈何鼙鼓動地哀，摧枯拉朽潰三軍。
闖王掃蕩宮闈日，九五至尊真寡人。吊向猙獰輕惡木，獨夫下場鑑古今。

圓明園

萬園之園是何年，滿目瘡痍嘆興亡。內政不修外侮入，清廷衰朽演荒唐。

拳匪御敵同兒戲，割地賠款哭炎黃。英法聯軍一把火，烈焰衝天番魔狂。
殘垣斷壁大水法，福海荒丘饒鼠狼。白金漢宮今猶在，愛麗舍宮仍輝煌！

中關村

物華天寶中關村，清華北大作近鄰。東方硅谷異軍起，科技春筍夏成林。
昂首但見博士湧，低頭常觸院士身。八仙過海幻化術，萬舸爭流日月新。
俯拾皆為靈異物，談笑多涉外星辰。群星璀璨十年後，且看此地驚天人。

二〇一五年五月

花城六記

木棉樹

萬木蕭疏爭報春，渾身熾熱花傾盆。大氣磅礴燃火炷，血色昂然傲荊榛。
南國英雄非孤膽，粵地天姿升彤雲。我向木棉深致意，晚霞夕照喜芳鄰。

珠江夜航

如夢如幻不記年，夜遊珠江乘畫船。笙簫陣陣人欲醉，流光粼粼細呢喃。
童稚歡聲驚水鳥，情侶偎依羨鴦鴛。彩虹彩練長川舞，燈海星海天地緣。

越秀公園

負山帶海越秀園，飛龍吸水九連環。粵臺秋月觀港澳，鎮海層樓峙南天。
桂崗松濤東江水，象山漁樵西沙遠。越王趙佗今何在，代代陸賈鎮海關。

小島賓館

南國閬苑珠江濱，小島園林絕凡塵。水榭瓊閣浮槎渺，行宮別院宦海深。
綠珠絳樹遺芳澤，蒺藜電網隱龍吟。歲歲避寒迎鑾駕，道路以目對寡人。

松林山莊

白雲山中築山莊，綠海龍蛇任盤旋。濃蔭深邃疑無路，豁然闊朗見丘巒。
雲樹千峰開勝境，風泉萬壑出洞天。本是青州避亂世，卻作梁園養嬋娟。

新春花市

羊城花市璨雲霞，新春萬卉逐芳華。金橘纍纍喻富貴，蘭草幽幽寄典雅。

桃紅李白皆國色，百媚千妍看嬌娃。一年一度繁盛會，今年花王到誰家？

二〇一五年六月

莽山記憶二十首

一、進山

綠天綠地來莽山，深峽深水一線天。車如甲蟲行陡峭，時有獮猴討路錢。

二、紅豆杉

默默千載紅豆杉，鐵骨青枝入重巒。他年一展青雲志，黃金臺上作棟梁。

三、早春山色

二月層林綻新芽，十里畫廊走雲霞。不曾停車人已醉，何來霜葉勝春華。

四、亞熱帶雨林

百種千本混交生，曾與恐龍共星辰。北回歸線綠玉帶，史前繁榮延至今。

五、雨後

新雨空山生白煙，隻身攀援上崖巔。獵戶驚見問何事，來聽千山響杜鵑。

六、山路

九十九彎繞林莽，處處絕壁處處險。敢望前路通靈境，雲霞冉冉入桃源。

七、猴子石

巨石如猴蹲絕頂，似觀天象測風雲。佛祖收取金箍棒，命在南國守雨林。

八、天坑

綠毛天坑天生成，出入絕壁唯鷹隼。山雨欲來萬籟靜，百獸伏地聽龍吟。

九、油畫

莽山林海春色濃，誰潑重彩奪天工。曾經五嶽探名勝，何如瑤寨萬花沖。

十、水白梨

水白梨木密密紋，成長千年擁千輪。貢作皇家紅白案，御廚萬剁久無痕。

十一、樹釣

細木削梢作勁弓，弓頭入地伏機鋒。獐麂覓食觸環扣，呼喇一聲吊半空。

十二、捕蛇

犁頭呼呼路當中，昂然半身噴毒風。瑤家疾手拿七寸，猛摔三鞭投篾籠。

十三、砍山刀

瑤家好使砍山刀，荊棘蠻橫豈相饒。昂首砍出巡山徑，俯身劈通過水橋。

十四、瑤妹

瑤女滿頭杜鵑花，陽春三月採苦茶。苦茶性甘嗓音亮，山歌飛過座座崖。

十五、過山瑤

租坡種樹又種谷，過山瑤家櫛風雨。來年苗木成林相，再過一山刀耕苦。

十六、跳石

山水呼嘯沖岩隙，天長地久石墩立。山人往來跳石上，輕功了得免舟楫。

十七、山洪

夜半雷暴怒天姥，拔樹摧屋傾盆雨。晨起風息洪水退，門前滾石填川谷。

十八、盤古

瑤家先人名盤古，開天劈地用石斧。石斧功成山海業，華夏子孫尊始祖。

十九、「英雄」

領袖接見光門楣，伐木英雄首都回。山上無樹山下旱，抬出毛像求雨水。

二十、木屋

爬滿青藤小木屋，昔時煮字設丹爐。三十年後十月會，行盡青山見吾廬。

二〇一四年三月中旬

橋口農場二十二首

一、相思

蟬噪蛙鳴盛夏夜，碧空如洗相思時。鵲橋何曾渡雲漢，清晝無眠我吟詩。

二、歲月

橋口農桑十四年，我付青春事驕陽。筋骨心志勞夢囈，大任唯能慰饑腸。

三、春雪

湘南罕見皚皚雪，掩盡凋殘呈高潔。一俟東君傳浩蕩，遍地新芽報春節。

四、布谷

過江過河布谷啼，農家二月磨鋤犁。姑嫂上山採蕨筍，野童牛背當馬騎。

五、橘鄉

迎門十里橘花香，躬耕南畝翡翠園。若無百代秦政制，神州何須覓桃源。

六、蜂蜜

誰家萬千採花郎，追風逐日戀田園。多情吐哺終生事，只為人間釀醴泉。

七、苜蓿

翠涌紅英雨紛紛，百媚千嬌不勝春。一朝泥浪覆翠浪，化作膏腴種黃金。

八、水田

春來水田綠千行，橫平豎直列綱常。夏日熏風催壯闊，黃金萬斛慶重陽。

九、守望

七月寮棚似丹爐，瓜田守望笑老圃。一掌劈開紅瑪瑙，四下無人自解暑。

十、戲水

東江碧水連碧天，裸身魚躍重重浪。洗卻蒙塵清心目，整衣荷鋤下夕陽。

十一、蛙聲

蛙聲似雨星滿天，一地銀輝月如霜。農家夏夜燻艾草，竹席袒腹納清涼。

十二、禾場

禾場入夜響絲竹，凡間亦多綘樹女。陣陣清音繞上界，勞動仙郎思故土。

十三、牧歸

青牛黃牛相尾追，高哞低吼凱旋歸。牧人簑笠勝甲冑，雨過天青披落暉。

十四、魚塘

方方魚塘游鱗肥，晨起唼喋百千嘴。最喜漁父撒鮮蕙，紛紛潑剌歡甩尾。

十五、雞血藤

雞血藤蘿生荒蕪，攀附松柯龍蛇舞。砍得殷紅三五丈，岩下升爐熬膏餔。

十六、橘頌

金秋萬顆金太陽，閃爍青枝綠葉間。如若上古無后羿，家家嫦娥喜酸甜。

十七、城鄉

鄉下四季忙耕作，城裡時髦唱山歌。牛耕田來牛吃草，一雙膠鞋谷一籮。

十八、山火

子夜祝融驚天起，烈焰狂飆焚山野。人定勝天聖諭在，徒呼萬歲任明滅。

十九、暴雨

誰潑濃墨惹龍王，撕天裂地電母狂。世紀洪峰暈日月，女媧何曾補穹蒼。

二十、憶苦

階級教育憶苦甜，新舊社會富聯想。再苦無過躍進苦，人皆誤訴大饑荒。

二十一、運動

牛鬼蛇神步武長，從古至今一鍋端。前面老莊孔夫子，後面林彪四人幫。

二十二、霜凍

霜刀割盡千山木，萬柯枯禿淒厲毵。冰凍三尺頑石裂，一夜春風天地綠！

二〇一三年十一月上旬

墾丁國家公園八首

一、燈塔

鵝鑾鼻頭偉岸身，白袍紅冠據絕頂。三百年前奉使命，雄視海疆巨眼明。
七級狂潮風雨夜，航燈閃閃報太平。

二、鵝鑾鼻公園

海角園林歐陸風，天涯芳草繞花叢。鷗鳥翻飛錦繡地，童稚笑逐畫圖中。
正是碧海瀛洲界，嫦娥何須赴玉宮。

三、候鳥翁

凌霄亭上數飛鴻，龍鑾潭水掠秋風。臺海盡多追鳥族，何如義工白頭翁。
生態使臣難離去，雁陣依依向碧空。

四、秋歌

「秋天飛起」嘆傳奇，千鶴屏風垂天際。鷺鷥年年涌白雪，鶺鴒歲歲勤遷徙。
試問千百觀鳥客，誰憐萬里苦生計。

五、欒樹

臺灣欒樹大丈夫，索居海隅拒媚俗。春華鮮妍迎過客，秋實金紅醉屠蘇。
我本瀛洲土生長，久在仙鄉戲璣珠！

六、紫背鴨跖草

紫背鴨跖草喜蔭，卵型圖葉彩欣欣。奕奕匍匐展茸毯，爍爍銀輝滿院新。
半島遍多無名草，默默繁衍鬱恆春。

七、嶺南白蓮茶

嶺南白蓮茶飛花，繁花似雪綻盛夏。秋日果實串珠玉，串串珠玉爍雲霞。
羽族來去戀紅豆，紅豆相思墾丁家。

八、讀墾丁秋日（註）

墾丁秋日説杜虹，恆春遍開山芙蓉。日夕辛勞榛莽酷，蝴蝶公主少倦容。
天涯幸有真才女，百態千姿寫葱蘢。

二〇一四年五月二十八日

註：墾丁國家公園管理處杜虹博士從事蝴蝶生態研究，著有《秋天的墾丁——恆春半島自然生態觀察日記》等散文集多部，極盡山川秀美、生態風流描述，讀之歷歷在目，令人神往。

老萊子十首

一、自詠

翰墨風煙界陰陽，短章長調徐徐彈。詠史詠世詠人物，留予說書話當年。

二、小景

戶戶黛瓦竹籬院，叢叢芭蕉映日鮮。誰家桃李出牆外，門前流水戲鴦鴛。

三、野望

鄉人野望是常情，傾城入眼皆傾心。魯國遍是柳下惠，春秋笑煞孔聖人。

四、耳鳴

七十耳順作耳鳴，四時縈迴嗡嗡聲。閑居少問天下事，奈何天籟伴我行。

五、老饕

日夕磨腹三百圈，皆因老饕吐納艱。明朝行善腥葷戒，夜來猶念素海鮮。

六、晨練

搖頭擺尾健身操，舒臂抻腿步步高。鞠躬雙手能觸地，八旬老翁羨楚腰。

七、乒乓

乒乓戰雲滿小樓，檯上拚搏矯身手。莫笑當年混沌事，小球運動大地球。

八、氣排球

後園翻飛金黃球，奔突騰躍看老叟。猶記少年賽場上，同伴振臂呼加油。

九、健行

行走如風立如松，穿林破霧帶輕功。當年湘南躬耕者，今日菲莎健步翁。

十、踏青

淫雨連月天不開，隻身張傘踏青來。小徑花木齊搖曳，似是迎客鋪霓彩。

二〇一三年十二月中旬

師友・人物

紀州庵文學森林二首致封德屏先生

近瑤池

臺北紀州庵，森森樹參天。主持封國士，能引百重泉。
欣欣續文脈，涓涓聚淵潭。詩書傳天籟，文章種玉田。
群英演六藝，儒林動八仙。華會鳳來儀，風流淡水邊。
文苑近瑤池，功業在人寰。

諸峰下

屈平傳九章，太史著宏篇。揚雄一床書，蔡邕正六典。
七子富華彩，書聖樂忘返。大謝小謝在，陶令長留連。
李杜已入住，蘇辛遺墨鮮。曲演湯顯祖，說書施耐庵。
三國機關密，紅樓群芳宴。眾仙襄盛事，高吟紀州庵。
匆匆我來遲，未及拜先賢。

二〇一三年一月二十一日

詠師友六首

一、致溫公

君贈「獨行者」，疾走密林下。幽明透曙色，高樹噪暮鴉。
披風如鼓浪，破霧雨吵吵。明知山有虎，徒手入深峽。
無懼豺狼嘯，為採自由花。天地有正氣，榛莽多龍蛇。
兔毫當哨棒，文章作短打。吟詩驅魑魅，作畫鎮妖邪。
三碗常過崗，行者是儒俠！

二、謝朱正

鄉長名朱正，文章動帝京。惺惺惜湘音，薦我謁公卿。
談笑木樨地，李老重後生。修書至敝省，晚學脱窘境。
鄉情敦厚矣！感念至如今。海外賞隨筆，朱子筆千鈞。
社稷多敝政，屢有震聵聲。寶刀何曾老，著作咤風雲。
他年橘洲會，相與釣湘濱。

三、詠黃苗子

「湘靈」苗子書，源自魯公句。妝成照湘水，鼓瑟青鸞舞。
皓月窺彤雲，韶樂傳千古。氣貫八卦陣，韻通星象圖。
書畫融一體，天下稱獨步。吾獲此墨寶，無功亦受祿。
文壇兩代人，愛屋幸及烏。大師藏丘巒，夫人採蕨去。
從來戀煙霞，結綺雲深處。

四、念丁聰

「小丁畫古華」，時年過花甲。畫風老益健，日夕繪奇葩。
喬遷高知樓，大雨呼喇喇。滿室浸畫稿，落水有「古華」。
搶救幸及時，完璧送足下。老妻名沈峻，未識汝夏娃。
何時謀一面，聚德饗烤鴨。天生老頑童，彌勒大畫家。

五、松貓圖

舒立寫松貓，上有凌霄俏。虎虎生風態，雄踞松柯高。
雙目頻放電，天窗冷眼瞧。不思家常食，更無魚腥好。

終歲盡職守，不見邀功勞。怪道虎為徒，原來持節操。

六、史居士牧鴨圖

居士布鴨陣，嘩然大撒兵。滿河逐浪飛，四野起歡聲。
小丫拾蛋蛋，小兒吹竹笙。鴨棚楊柳岸，園圃繞紫藤。
犬吠阡陌上，雞鳴桃李村。麻鴨列隊歸，嘎嘎滿綠蔭。

二〇一三年春日

詠梅新致張素貞教授

瀟灑梅總編，西遊十數年。跨鶴上玉清，儒雅列仙班。
憶昔在民國，「中央」主副刊。廣羅天下士，日月薦宏篇。
詩詞擔道義，歌賦壯河山。毫兵百千萬，馳騁風雲間。
共和業未竟，豈可圖偏安！乙亥余訪臺，臺北觀選戰。
梅新親導遊，相與逐笑顏。中華脫魔咒，民主佑臺灣。

憲政通大道，家國致安康。囑余勤筆耕，諄諄似兄長。
著書錄興亡，豈止為稻粱。放手驅龍蛇，中副作疆場。
交友輸赤誠，梅兄傾衷腸。文事無寒暑，朝夕伏案忙。
翰墨情如海，編撰兩鬢霜。精力似無窮，激情如炷燃。
百年文學會，邀余添贅言。文友來四海，會務連軸轉。
事必親躬行，操持不知倦。會後日月潭，再上阿里山。
梅兄終眩暈，中途入醫院。文章書生累，燈火已悄然。
積勞玉山傾，一病隔霄壤！詞人呼摯友，文壇失孟嘗。
詩會遜風騷，民國痛忠良。夫人張素貞，至今望君還。
但聽明月夜，天籟來河漢。似唱春風曲，再生樹冉冉。
憂國淑世論，留連淡水邊。良久聲杳杳，已然赴魚川。
越郡多靈異，代代育聖賢。

二〇一三年五月二十八日

寄韶華憶舊遊

韶華厭干戈，處世重祥和。相識滿天下，邀我遊遼河。
奉天膏腴地，關東情如火。書琴神來筆，玉環舞婆娑。
題寫唐人句，夫婦相唱和[一]。大餐東北炖，小酌助嘮嗑。
百年苦離亂，誰不痛家國。中州小八路，敬神不敬魔[二]。
「浪濤滾滾」在，「年代」何蹉跎[三]。秉筆書正義，文章氣磅礴。
批左不餘力，屢捅馬蜂窩。烈女張志新，喉管遭誰割？
挑破黃馬褂，軒然生大波。毛陵頓失色，地宮或哆嗦[四]。
瀋陽故宮小，帝業終寂寞。代代稱王者，匆匆做過客。
偕遊大伙房，魚鮮遍水泊。再下棒棰島，行宮連瓊閣。
海灘遇馮牧，談笑去「協作」。拜望胡絜青，鎮紙是海螺[五]。
京官十數載，文壇周伯樂。唯重社稷才，無懼權貴左。
長者呼兄弟，中青尊大哥。離休回奉天，著書再立說。
鴻文二十卷，卷卷傳世作[六]。韶華不年少，古華華髮多。

海內存知己，天涯杳黃鶴。歲久思故交，寄情「勿忘我」。

二〇一三年二月二十日

註：

一、一九八一年夏，時任遼寧作協負責人的韶華邀請我作客瀋陽，偕遊當地名勝，並專程赴他的生活基地大伙房水庫觀光。他的畫家夫人書琴女士贈予一幅楊妃圖存念。

二、韶華原名周玉銘，老家河南滑縣，十幾歲時參加八路軍，經歷了抗日戰爭和解放戰爭。

三、《浪濤滾滾》、《過渡年代》（上、下卷）為韶華長篇小說代表作。

四、原中共遼寧省委宣傳部女幹部張志新因文革期間批評毛澤東、林彪，被處以極刑，一九七五年行刑前夕竟遭割斷喉管。此法西斯暴行，一九七八年平反冤假錯案時，經韶華等人冒風險、頂住巨大壓力，支持記者訴諸報刊，震動中外。

五、作客瀋陽期間，韶華還請我赴大連觀光，入住棒棰島賓館（島上築有毛、劉、朱、周、陳、林、鄧等人的行宮七座）。我們巧遇了正在島上休假的中國作協負責人馮牧、女作家諶容、著名書畫家胡絜青（老舍夫人）。胡老笑稱，她每天替賓館寫幾幅中堂，代付食宿開銷。

六、一九八二年後，韶華調任中國作家協會書記處書記，辛勤為作家服務。同時筆耕不輟，發表、出版小說、報告文學、散文隨筆等二十餘卷。其作品直面人生苦難，具史詩意識，表現出難能可貴的文人風骨，道德勇氣。

贈雷達兄

雷達真才子，筆掃千軍時。西北多靈異，黃土深耕植。
服務文藝報，謙謙儒雅士。論述遍宇內，文章透靈犀。
毫兵任縱橫，宏篇勢披靡。鼓吹新時期，凜然秉大義。
兩論芙蓉鎮，華彩動帝京。田園蒙塵垢，鄉村霧霾深。
滔滔萬言書，字字走雷霆。驚了秦兆陽，服了嚴文井。
「人文」常作客，《當代》添文旌。雷達古華友，書齋常聚首。
言笑文苑事，旦暮何曾休。歌德儒術腐，頌聖翰墨朽。
傷痕文學烈，破冰引潮流。尋根小說痛，追溯左源頭。
竟忘佛祖威，神授緊箍咒。兩騎自行車，長驅驕陽下。
東去亮馬橋，拜望嫂和娃。庭院棗尚青，牽牛滿籬笆；
西去天安門，觀禮臺歇腳。南望紀念堂，毛陵帝王家。
城樓圖騰在，依然領華夏。倏忽三十載，兄弟遠瀛海。
時念秦時月，天涯阻關隘。華髮何多情，愚弟近老邁。

不愁五斗米，但喜瓜菜代。羡兄勤筆耕，著作呈豐彩。
美文百千篇，日月傳天籟！

二〇一三年三月二十八日

贈馮立三兄

緣何名立三，三生萬物焉！老聃有遺訓，孔孟是鄉賢。
俊士出魯郡，魯儒自承傳。翰墨透耿介，揮毫氣軒昂。
文如其人也，「光明」編副刊。改革風雷動，喉舌展新顏。
「真理」大討論，諍言涌紛紛。馮兄入戰陣，批左驅毛魂。
評述切利弊，文壇助新軍。鼓吹新時期，「反思」揭「傷痕」。
謬贊《芙蓉鎮》，迎來鄉下人。撰文論《貞女》，交友赤子心。
文章天下重，待遇如輕塵。著述任豐碩，莫如半官身。
帝都居不易，幸有十平米。十載炊走道，蝸居甘如飴。

收榻待朋輩，魯菜常滿席。兄嫂忒賢良，見面呼大弟。
文人窮快活，阿Q滿京畿。膝下兩千金，天使小安琪。
參觀中南海，宮院何奢靡。一個毛主席，華廈數不及。
稚問爹和娘，俺家何窄逼。聞者皆苦笑，童稚也置疑。
翌年遷新居，方有兩居室。文化不值錢，老九等級低。
「選刊」任主編，老驥長扶犁。慧眼識璞石，美文指間溢。
倏忽三十載，孩子成家業。兄嫂兩鬢霜，愚弟滿頭雪。
一別魚雁斷，風煙兩萬里。唯珍昔情誼，天涯共潮汐。

二〇一三年七月十四日

贈李樺胡英伉儷

加州吉祥地，矽谷龍鳳城。精靈處處在，滄桑靜無聲。
吾弟李樺君，俠義今信陵。飲露海濱道，餐霞沙岸行。

生平少憾事，交友輸忠誠。常年身心健，蒼旻照吉星。
弟妹胡英氏，麗質天生成。職場婀娜姿，宏碁耀倩影。
俯拾高科技，往來皆精英。營運經緯業，北美任馳騁。
聰慧佑夫子，摯愛是家庭。家有雙雛鳳，清於老鳳聲。
魏紫姚黃貴，琴瑟山海情。

二〇一四年十月十五日

竹頌・贈學友竹林（註）

風雨修篁勁，文苑花枝新。繾綣思舊友，惆悵隔蒼旻。
日行兩萬里，半是華髮人。金山迎小妹，勝似手足親。
相顧嘆日月，蹉跎苦青春。盡傾滬江水，難訴女兒心。
所幸勤翰墨，麾下狼毫軍。文章豈孤獨，野竹自蓁蓁。
日夕龍蛇陣，倉頡抖精神。纖手舞鐵筆，巾幗大將軍。

江山存浩氣，民間出翰林。著作三十卷，卷卷證乾坤。

二〇一四年九月下旬

註：竹林，原名王祖鈐，一九四九年生於上海。二十世紀六〇年代末中學畢業赴安徽鳳陽插隊六年。一九七九年出版長篇小說《生活的路》，被譽為「中國知青小說第一人」。一九八〇年入中國作家協會文學講習所學習，後成為職業作家。因其處世平淡，居城郊而少出行，亦被稱為「文壇獨行女俠」。主要作品有長篇小說《苦楝樹》、《摯愛在人間》、《嗚咽的瀾滄江》、《女巫》、《晨露》、《夜明珠》、《脆弱的藍色》、《今日出門昨夜歸》、《靈魂有影子》、《老水牛的路》、《竹林村的孩子們》等，以及中短篇小說集、散文集共三十多種。

懷摯友蕭育軒

蕭育軒（一九三八—二〇一三），湖南邵陽人，著名小說家。一九六〇年代，我在郴縣橋口農場務農，他在鯉魚江火電廠當工人，東江岸邊，兩地相距八華里。我們均為業餘作者，又於同一年（一九六二）在《湖南文學》上發表處女作，成為好友。每逢節假日，或我去他家做客，或他攜愛人、孩子來農場休息，往返多為步行，不是兄弟，勝似兄弟。他於一九六四年在北京《人民文學》上發表小說〈迎冰曲〉，塑造工人形象，姚文元則在《人民日報》上撰文推薦，一時全國聞名。文革結束後，我們均以創作有成進湖南省文聯任專業作家。育軒兄豪爽俠義，廣結師友，有孟嘗君之風，為老作家康濯等激賞。惜癖好菸酒，晚歲多病，享年七十五齡。

文友蕭育軒，人稱活謫仙。醴泉添豪氣，陶醉出佳篇。
交往重信義，行事辨忠奸。談吐少禁忌，下筆多波瀾。
著作迎冰曲，評者姚文元。五嶺輸電力，文名海內傳。
憶昔卑躬日，惺惺相惜憐。我耕橋口地，他勞火電廠。
一衣帶水近，旬日多往還。吹牛皆文學，吃喝隨時鮮。
有酒必盡興，醉飽同榻眠。兄弟無名分，何須結金蘭。
兄嫂李原理，秀外慧中賢。不計紅黑黃，高情坦蕩蕩。
文革罡風起，焚坑秦火狂。他屬紅五類，我入狗崽幫。
日夕誦語錄，叩首紅太陽。大字報圍困，聲討來八方。

紅色恐怖酷，走投惟懸梁。幸有育軒兄，舉家赴探訪。
涸轍降甘露，絕地透曙光。忍辱觀浩劫，活命候蒼黃。
毛林終破局，君臣拔刀槍。林亡毛亦敗，聖諭漸鬆綁[一]。
兄弟重揮翰，風流競文壇。喬遷長沙城，共事省文聯。
康老何曾老[二]，蔣燕乃俊彥[三]。劍清未必清[四]，車公執正言[五]。
爭奈年青輩，多作窩裡反。兄弟成康黨，文聯笑武聯。
直面羞權貴，口舌生風煙。勸其滅菸酒，海量勝當年。
煙燒倉頡字，樽溢老白乾。有朋四方來，座中客常滿。
佳釀通佳境，豪飲達宵旦。笑罵天下事，惜未學陶潛。
文逾千萬字，詩短三百篇。古稀旺口福，懷才腹便便。
痛快過一生，一醉辭湘園！壯哉吾摯友，世上少謫仙。

二〇一四年三月二十六日

註：

一、一九七一年發生毛澤東接班人林彪舉家外逃機毀人亡的「九．一三」事件後，當局放鬆了對文學藝術的管控，文壇恢復生機。毛澤東一九七六年逝世後，全國平反冤假錯案，終止毛氏專政，更掀起達十年之久的傷痕文學、反思文學大潮。惜風光不再。

二、康濯，湖南汨羅人，著名文學家，曾任中國作家協會書記，湖南省文聯主席。

三、蔣燕，四川人，曾任湖南省文聯副主席。

四、王劍清，河北人，曾任湖南省文聯副主席。

五、車文儀，河北人，曾任中共上海市委宣傳部長、湖南省委宣傳部副部長兼省文聯黨組書記。

橋口紀事之一：詠青春

橋口下放地，農場丘巒裡。作物鬱蔥蔥，田園望無際。
清清芙蓉河，湛湛玉葉溪。我居十四年，青春付鋤犁。
日曬面目黑，風吹瘦骨皮。汗水攪泥水，人力驅畜力。
苦幹加蠻幹，形同肉機器。務農准勞改，社會等級低。
一管小牙膏，貴過十斤米。終年累到頭，官酒值半席。
政策築鴻溝，城鄉兩天地。最賤地富子，隨時可拘提。

文革幾喪命，捉放因嫌疑。公社活埋人，殺戮同兒戲。
農場人善良，運動少暴戾。庇佑無辜兒，農友秉正義。
幸因勤筆耕，業餘苦磨勵。涓滴聚淵潭，小說通大邑。
毛逝浩劫止，萬物復生機。晉升文化人，一路脱沼泥。
州郡至帝京，時念農友義。農友面黃土，至今服徭役。

二〇一三年五月

橋口紀事之二：張士修

農友張士修，右派當到頭。廿年不摘帽，蘇武改牧牛。
雨天一身泥，晴天曬出油。群虻入深山，牛吼他不吼。
收工忙洗漱，衛生窮講究。換上補丁衣，整潔無折縐。
儀態持儒雅，不肯隨俗流。見人必謙恭，言談文謅謅。
德性不能改，頑固封資修。縱使挨批鬥，頭面亦光溜！

翰墨尤其好，專寫認罪稿。堪比衛夫人，勝過魯郭茅。
為何當右派，響應黨號召。引蛇他出洞，鳴放他中標。
高級農藝師，美國博士帽。美國月亮大，農業產量高。
國家要先進，內行作領導。唱衰新中國，反黨更反毛。
劃作極右派，專政無可逃。每逢新運動，揪出再過招。
遊街示眾時，他把破鑼敲：我是大右派，崇拜美國佬，
認罪再認罪，打倒再打倒！無人敢親近，牛鬼蛇神身。
綽號鐵帽右，妖魔著形影。兒女受株連，成年仍單身。
縱使花容貌，誰來論姻親。老妻不離棄，恨不摘惡名。
熬到文革後，九死幸餘生。平反留尾巴，檔案未結清。
臨了乘火車，葬身在車輪！路局不賠償，農場無責任。
苦命苦到底，天地無良心！

二〇一三年六月四日

橋口紀事之三：黃秉一

吾師黃秉一，摘帽笑嘻嘻。天熱打赤膊，天寒裹破絮。
幹活不偷懶，長年牛馬力。開口說粗話，動輒媽媽的。
一切學工農，生活隨俗鄙。最愛打平伙，吃喝稱兄弟。
打牌他鑽桌，狗爬任人騎。皆言改造好，捱罵無脾氣。
叫聲老右派，應答如獎勵！他本一講師，大學授文理。
朝鮮戰事起，愛國從軍旅。軍銜授上尉，月薪一百幾。
五七反右時，鳴放不積極。再三動員下，「狂犬竟吠日」！
勞改送農場，戴帽除軍籍。富有五箱書，中外皆名著。
悄悄供閱讀，講評似授徒。哈代莫泊桑，托翁契可夫。
李杜蘇辛陸，雪芹湯顯祖。好讀不甚解，大師皆作古。
我有處女作，搖頭無言語。頂甕跳佳官，寫作何出路。
直至小木屋，方始有讚許。老毛翹辮子，世事大翻覆。
平反年已邁，有級無職務。古稀方成家，弄璋在垂暮。

依然老行當，農場伺菓蔬。頑哉生命力，笑罵見榮枯。
秦皇算個鳥，老子大丈夫！

二〇一三年六月四日

橋口紀事之四：黃文耀

場長黃文耀，文官種水稻。右傾遭批判，曾經坐黑牢。
為人甚親和，見誰都微笑，出門一柄鋤，下地打赤腳。
日曬肌膚黑，雨打筋骨傲。分明一老農，哪裡像領導。
他來農場時，林彪已叛逃。造反氣焰歇，文革已落潮。
埋頭抓生產，不怕再打倒。口號喊破天，田地長蒿草。
家國窮鬥爭，江山多餓殍。民以食為天，國以民為要。
最是惜人才，惜才如惜寶。非親非故交，知遇恩澤早。
派我管農具，修理活輕巧。繼而管倉庫，閑來讀書報。

我因嗜文學，業餘勤寫稿。省城有刊出，滬上也發表。
常請創作假，場長照批條。無懼大字報，責任一肩挑。
屢屢排眾議，伯樂有言道：人不盡其才，百物何豐茂？
輕文重農耕，目光嫌短小。場長真貴人，助我出泥沼。
竟有此襟懷，鳳毛又麟角。其時毛王朝，人肉機器絞。
不見遇羅克，出身受屠刀。不見張志新，喉嚨割掉了。
而我何僥倖，吉星予高照。苦盡生機新，乘風越驚濤。
著書獲虛名，虛名常見報。至今感念深，聖人在漁樵。

二〇一三年六月八日

橋口紀事之五：橘洲行

曾為農藝員，長洲事橘園。橘園逾百頃，橘樹萬八千。
人家數十戶，戶戶為酸甜。地肥水氣足，碧流繞翠原。

二月無新枝，修剪正樹冠。枯殘去務盡，徒長亦枉然。
果農施美容，樹樹張綠傘。綠傘鱗甲動，層層涌霄壤。
四月始噴雪，十里聞香鮮。香鮮霧迷離，悄然展豐艷。
嗡嚶天兵至，群採群啜歡。晶瑩橘花蜜，湘南美瓊漿。
六月綴青粒，其狀如豆丸。侵晨飛白鷺，日午蒸暑炎。
噴霧灑洛果，吵吵除蠅蟬。蠅蟬皆斷羽，入夜復清涼。
八月果滿枝，纍纍尚澀酸。多隱翠葉後，半面似羞顏。
日照顏色改，月沐汁漸甜。待字閨中兒，蓄勢爭妖妍。
十月秋光裡，顆顆黃金蛋。金蛋小太陽，何止千千萬。
富貴甲天下，璀璨滿河川。人間此美景，玉虛亦罕見。
我來守清霄，寮棚望星漢。逡巡吆喝急，岸下過賊船。
鄉鄰小偷兒，凌晨仍垂涎。開園歡聲起，長洲舟車喧。
碩果河灘集，座座黃金山。分裝百千簍，仙實何渙然。
舟車魚貫去，狼藉滿河灘。孩童搶殘果，老人徒興嘆。
果農所獲微，辛苦年復年。此地四季青，罕有霜雪寒。

修篁擺鳳尾，弱柳拂清潭。麻鴨戲江渚，雄雞啼篙杆。
若無秦苛政，最宜養天年。

二〇一三年六月十六日

梨園紀事　贈團友

一九七五年秋，余以農工身分招聘進郴州地區歌舞團任編劇，至一九八三年冬調離，寄身八載，備受呵護。世紀初，袁團座攜夫人遊北美，來舍下相聚逾月，暢敘梨園今昔，不勝唏噓。今作歌紀事，多情應笑我，故國神遊乎？

霓裳新舞數十秋，絲路花雨歲月遊。藍縷難掩妖妍態，樣板曲目唱不休。
白髮喜兒旋玉足，紅顏江姐泣歌喉。秋菊洪湖浪打浪，瓊花椰林楚腰柔。
玉和浴血笑鳩山，子榮打虎擒匪酋。舌燦蓮花沙家浜，抗日英雄在茶樓？
數典忘祖杜鵑山，王佐文才誰砍頭？三面紅旗龍江頌，公社餓殍誰成就？
諜影幢幢驚草木，海港豈是好碼頭[一]！臺上癲癇臺下痴，懿旨欽定無自由。

皆因當今動雷霆，御批痛斥封資修[二]。我來劇團滿八載，編劇只為稻粱謀。
翰墨拘謹遵上命，文網周密作芻狗。車輪滾滾衡嶽止[三]，行旅悠悠莽山留[四]。
哥愛青山五嶺調，省臺播唱四水流[五]。嘉禾伴嫁傳天籟，阿妹上學面含羞[六]。
慰問部隊酩酊醉，險隨詩聖耒水浮[七]。北國地裂墜紅日，七六改元九月九。
管弦另抱流行曲，絲竹吹來鳳回眸。花魁捧得梅花杯，藝苑仙葩出名優。
英台山伯守梨園，門可落雀鬼見愁。相如易服逐商海，文君當壚沽米酒。
舞廳伴舞稱勞務，歌廳獻唱謂創收。紅白喜慶奏鼓樂，店鋪開業賀彩頭。
吹拉彈唱柴米鹽，八仙過海醬醋油。盛世浮華生萬象，鄭聲衛舞涌潮流。
昔日歌后伺攤點，今朝仙子伴客遊。仙觀佛寺香火盛，白鹿橘井絕世幽。
蘇耽空遺跨鶴臺，三絕有碑駐少游。義帝墳塋草尚青，蔡侯紙池水長流[八]。
談笑前朝多少事，郴江幸自繞郴州！

二〇〇九年二月

註：

一、所涉革命樣板戲及革命歌劇為：《白毛女》、《江姐》、《洪湖赤衛隊》、《紅色娘子軍》、《紅燈記》、《智取威虎山》、《沙家浜》、《杜鵑山》、《龍江頌》、《海港》等。

二、一九六三、六四年，毛澤東兩次嚴厲批示國務院文化部為帝王將相部、才子佳人部、外國死人部。嗣後，由其夫人江青為旗手，掀起一場以編演現代京劇樣板戲為代表的文藝革命運動，進入「八億人口八個樣板戲時代」，亦為文革浩劫掀開序幕。

三、《車輪滾滾》：劇團創作之小歌劇，曾參選一九七五年在衡陽舉行的湖南省戲劇調演。

四、莽山：五嶺山區林場，古木參天，夏季清涼。其時，余每年均去深入生活。余之小說《爬滿青藤的木屋》、《美麗崖豆杉》、《金葉木蓮》、《霧界山傳奇》等均取材於那裡。

五、〈哥愛青山我愛他〉，余創作之新民歌，曾在電臺傳唱。

六、嘉禾伴嫁：余家鄉嘉禾縣民俗歌舞，經團友榮培羽夫婦改編創作，曾參加全國調演，流傳至今；阿妹上學：全名《瑤家阿妹上大學》，本團藝術家榮培羽夫婦創作，曾參加一九七六年一月北京全國現代歌舞調演，獲好評。

七、史稱杜甫晚年駕舟入湘，至湘江上游支流耒水訪友不遇，死於一風雪渡口。

八、義帝墳塋：義帝為楚漢相爭時項羽擁立之楚國最後一位國君，被項羽遠徙南蠻之地湖南郴州殺害，遺陵尚存；蔡侯紙池：東漢蔡倫發明造紙術，在郴州耒陽造紙，紙池遺址尚存。

憶謝晉

朗朗笑聲謝晉君，領銜影事數十春。無懼官家緊箍咒，敢越雷池履艱辛。
文學電影生龍鳳，當年傾情芙蓉鎮。大師手筆誌滄桑，激情燃燒耀星辰。
兩赴長沙請在下，同去漢壽賞伶人。千里平疇湖光灩，湘北楚劇演義新。
好箇洞庭芙蓉女，披髮長歌干青雲。四度親情皆不測，三百場次進京城[一]。
顧盼生輝嫌俏麗，謝君漁獵為銀屏。未幾邀約至滬上，驅車餘杭遊紹興。
物華天寶溫柔鄉，黛瓦白牆芭蕉青。赤腳春苗隱阡陌，舞臺姐妹麗人行[二]。
謝氏故里觀越劇，花枝妖妍滿堂春。餘音三日繞身際，浣紗溪畔忘效顰。
折返長沙啟研討，荒煤康濯作嘉賓。芙蓉園裡論芙蓉，名家名導笑語頻[三]。
女籃、雙雙、娘子老，牧馬、傳奇、花環新[四]。從來名篇出名片，史詩巨製且登程。
湘西王村外景地，鳳灘猛洞聚明星[五]。山水綺麗夢幻境，風月無邊人物真。
玉音妹子劉曉慶，書田右派是姜文。飾演國香徐松子，五爪辣婦名徐琳。
社稷盛衰黎庶淚，鄉村牧歌唱風雲。鐵鐃銅鈸非戰陣，社教文革血寫成。
「五年六年」成讖語，民族浩劫萬古銘[六]。仍多瘋漢附毛魂，大街小巷不平鳴。

大師直面血淚史，謝君抱定赤子心。拍攝現場似戰場，指揮若定同將軍。
個人利害拋物外，藝術荊叢何顧身。影片拍成動內外，元戎雷暴出禁廷。
幸有紫陽冷處置，亦仗鄧陳未發聲[七]。一場文禍半中止，掀天巨瀾待來春。
八九帝京演國殤，羈旅海外存斯文。一代大師已作古，我今歌吟成孤韻。
唯餘王村改地標，中國湘西芙蓉鎮[八]。

二〇一三年一月十九日

註：

一、湖南漢壽縣楚劇團依據長篇小說《芙蓉鎮》改編楚劇折子戲《芙蓉女》，曾於一九八〇年代中期巡演湘、鄂兩省三百多場次；並曾於一九八五年冬赴北京等地演出。

二、一九八五年春，上影謝晉導演為籌拍影片《芙蓉鎮》，邀約小說作者作客上影廠，期間領作者走訪他浙江紹興老家數縣，觀賞越劇原鄉演出。其時，他文革期間執導的影片《春苗》不再放映，而他文革之前拍攝的《舞臺姐妹》等影片則重放光彩。

三、一九八五年九月，上影廠在湖南長沙蓉園召開「芙蓉鎮電影改編學術研討會」，謝晉與小說作者主持，陳荒煤、康濯、劉泉、車文儀、董鼎山、許鞍華、黃健中、李陀、阿城、祝鴻生等名家出席。

四、「女籃」即《女籃五號》、「雙雙」即《李雙雙》、「娘子」即《紅色娘子軍》，皆為謝晉文化大革命之前拍攝的優秀影片；「牧馬」即《牧馬人》、「傳奇」即《天雲山傳奇》、「花環」即《高山下的花環》，皆為謝晉文化大革命結束後拍攝的著名影片，均改編自同名小說，飲譽中外。

五、一九八六年春夏間，謝晉率近百人的攝製組在外景地湖南湘西古丈縣王村拍攝上、下集影片《芙蓉鎮》。王村位於猛洞河匯入鳳灘水庫入口處，峽谷飛泉，林木郁郁，風光綺麗。

六、「五年六年成讖語」指毛澤東在文革後期的「最高指示」：「八億人口，不鬥行嗎？文化大革命運動，五、六年來一次……」

七、一九八六年十一月，《芙蓉鎮》樣片送中央電影局審查，被稱為「具史詩意義的大片」；十二月送中南海政治局審查時卻引發軒然大波。隨即由中共中央宣傳部成立「評電影芙蓉鎮寫作小組」，準備作為資產階級自由化的代表作，開展全國批判。但鄧小平、陳雲未發指示。至一九八七年春夏，此事被新任黨總書記趙紫陽冷處理，算躲過一劫。

八、《芙蓉鎮》外景地王村，於二十一世紀初被劃歸風景名勝張家界市管轄，並報經國務院批准，正式改名為「芙蓉鎮」，成為國家級旅遊景區。因拍攝一部電影而改換地名，在中國屬於首次。謝晉晚年，曾率原攝製組主創人員重返王村，立下碑銘：中國湘西．芙蓉鎮。

贈聯經事業劉國瑞前輩

籌策聯經功業成，翰墨生輝見精神。基隆大道文氣盛，書香門第四時春。

文壇後浪推前浪，幾花欲老幾花新。聯經新人知多少，花木常霑雨露恩。
天下文章皆摯友，萬國圖書通古今。年年關愛寄賀卡，歲歲賜教遠行人。
晚學路遙遲欽敬，七十小生對百齡。春申食府享佳宴，壽星慈祥策杖行。
感佩唯能呈心語，一別廿年華髮生。拙著幸能應時運，得謀稻粱濟光陰。
林總繼任年正旺，聯經營運日欣欣。書山有徑闢榛莽，桃源無路不避秦。
羈旅得遇劉師長，無須童子指白雲。

二〇一四年七月二十四日

三民書局六十周年誌慶

三民事業日中天，書生報國六十年。初付梓行説律例，又開文庫納真言。
百川匯流續文脈，古籍新注正本源。説文解字千古事，新鑄楷模百囀鉛。
經國文章行四海，濟世方略法先賢。樂教清音洗俗耳，詩史流芳百花妍。
薪火承傳自有序，山重水複數變遷。劉公胸襟比「滄海」，目光深邃有前瞻。

同仁同德心相應，編輯耕耘慧心田。坐擁書城傲權貴，廣結文緣年復年。
舊雨新知頻相聚，三民昌運久延綿。

二〇一三年一月

附註：拙詩所含三民書局著名出版物為：政法大學用書、「三民文庫」、「三民叢刊」、「滄海叢刊」、《新譯四書讀本》、「古籍今注新譯叢書」、《新譯古文觀止》、「理律法律叢書」、「中國現代史叢書」、「國學大叢書」、《大辭典》等。

三民書局贈《大辭典》答劉公書

三民贈予大辭書，忘年之交唱桑榆。恢宏三冊千鈞重，高山景行淩雲木。
天文地理羅萬象，儲經蓄典纍珍珠。書業鉅子振強公，文苑遍植菩提樹。
躬耕硯田逾甲子，福澤社稷行雨露。百十書系落鳳巢，碩學鴻儒列名著。
生生不息續文脉，默默潛心理國故。窮盡漢字近十萬，總攬倉頡大智庫。

雲蒸霞蔚鍾鼎業，弘揚國學真貴族。

二〇一四年七月八日

致宋如珊教授

年前中國文化大學國文系宋如珊教授贈寄著作《隔海眺望——大陸當代文學論集》一書，讀後多有感觸並深獲教益。

隔海眺望新儒林，著書立說專且精。雨聲巷裡勤學問，淡水岸柳舞文旌。
徐訏痛批毛延講，丁玲九命誰鑄成。二次握手欽案犯，張揚生還屬天幸。
小古文章已老朽，後生狼毫露崢嶸。朦朧詩心苦撕裂，杜宇長夜喚黎明。
詩人歸來廢墟上，幸福大街瘋子營。黃金時代御溝血，長歌當哭真憤青。
傷痕反思舊勳業，尋根魔幻舶來經。高屋建瓴為文論，臺北翰林宋家軍。
金聲玉振存浩氣，巾幗妙手錄風雲！

二〇一五年一月十日

旅次高雄贈詩友黃漢龍

余五月上旬有高雄——墾丁——高雄之旅，蒙《詩寫易經》一書作者黃漢龍先生導遊左營古城、孔廟、蓮池、愛河等諸多名勝，一覽高雄風光。歸來後捧讀所贈《詩寫易經》，漢龍兄以現代詩體裁詮解《易經》，確為前無古人之奇書也，因作短歌記之。

旅次高雄了心祈，幸識漢龍稱兄弟。左營夕行古堡岸，愛河夜航星海迷。
蓮池水闊環煙樹，殿閣櫛比深禪意。歸來捧讀兄著作，詩寫易經新傳奇。
詮釋經典辟蹊徑，曲高和寡鳴天雞。三生萬物大世界，四象八卦妙無極。
陰陽交疊河洛書，乾坤合抱形天體。儂稱愛翁相對論，俺說文王演羑里。
禹步行盡紫霄路，太極渾元宇宙儀。天人合一亘古業，道法自然運玄機。
高雄詩人真好漢，湖海韜吟吹龍笛。

二〇一四年七月十二日

答文林兄楹聯

甲午馬年五月五日，臺北詩友文林於中正紀念堂咖啡室茶敘時，出示手書一聯，筆意酣暢，頭尾分別鑲入余之本名、筆名，卻無贈者落款，調侃雅玩之態盡現。其聯為：「鴻鵠志遠觀千古　玉宇文章蓋京華」。六月文林有西藏之旅。余訪臺歸來亦逾兩月，今一併戲答之。

濃墨重彩書楹聯，個中調侃作雅頑。鐵畫銀鉤藏名刺，筆走龍蛇無落款。
蓬雀何來鴻鵠志，野叟自知京華遠。結緣民國文訊社，月白風清入林泉。
紀州庵深頻發問，賈語村言錯雜彈。真理大學雨迷徑，士林官邸短留連。
淡水碼頭賞魚宴，中正殿堂話先賢。羨君長年茹素食，老饕萬里念河鮮。
健行雪域兄豪舉，歸來不見說高原。官釀醴泉須防醉，家種蔬果最養顏。
他日溫城兄弟會，或破齋戒兩垂涎！

二〇一四年七月十八日

文星行　贈楊公憲益[一]

楊家仙才出津門，口啣銀匙降紅塵。望族寶玉早聰慧，中西私塾育童蒙。
六歲背得三百句，七歲吟詩驚四鄰。十三十四通番語，教堂唱詩讚聖靈。
富貴不失鴻鵠志，求學牛津赴英倫。牛津嘉樹天下重，華夏俊彥校園新。
殿堂櫛比競高闊，士子攻讀窮廣博。書嶽覓徑登河漢，學海遨遊渡嫦娥。
高山流水鳳來儀，水仙花妍戴乃迪[二]。名媛賢淑迷漢學，兩情相悅恨晚識。
綠茵草地燕雙飛，石徑迴廊形影隨。泰晤湍急逐歡喜，橡樹枝繁證連理[三]。
同窗數載結秦晉，珠聯璧合一時稀。倭寇侵華神州亂，夫婦決然赴國難。
陪都結彩迎嬌客，重慶救亡高歌壯。北碚沸騰呼萬眾，川江咆哮鼓千帆[四]。
打罷倭寇自相殘，棄項依劉北平遷[五]。抗美援朝買飛機，億萬家財悉數捐[六]。
工農新政讎英美，學貫中西成累贅。三反五反反胡風，親朋多有陷牢籠。
大鳴大放抓右派，百萬精英變鬼怪。斧鐮旗下勤交心，年年洗腦歲歲驚。
夫婦合譯《紅樓夢》，十年寒暑巨製成。譯罷《紅樓》譯《楚辭》，唐詩宋詞發新聲。
多情華髮窮經典，弘揚漢學樹奇勳。再譯毛詩《紅語錄》，一人稱孤萬鬼哭。

國士馴服作工具，學人蒙羞賤珠玉。六六狂飆浩劫起，小將造反抓間諜。
政教合一毛崇拜，紅色恐怖斑斑血。憲益乃迪皆入獄，單獨囚禁斯文絕[七]。
兒女下放赤貧地，鐵窗數載骨肉離。總理國宴偶相問，方知陷獄如敝屣[八]。
乃迪獲釋已失聲，夫婦生天相擁泣。時隔半載始能語，親朋探視盡歔欷。
可憐小兒遭株連，葬身火窟救無及。晚年喪子母錐心，長夜哭兒兒不應。
悲灑官廳密雲溢[九]，痛壓九門八廟低[十]。憲益深揖英籍妻，代表中國對不起。
汝本英倫名門女，碧草芳園有安逸。嫁來東土命多舛，神州紅禍源「西邪」。
奉勸老妻歸鄉國，遠離中華苦難地。乃迪聞言神淒慼，拋夫棄子我老矣。
自從結褵無反顧，生生死死相隨你。憲益大慟老淚橫，愛國何罪泯天理。
七六改元天地新，老驥伏櫪有壯心。重拾舊業入書叢，提攜後學譯《芙蓉》[十一]。
二老赴湘察晚生，晚生何幸拜先生[十二]。嘉禾老城題佳句，莽山鐵杉迎嘉賓。
從此京華有長輩，往來吃住勝親情。楊府沙龍不辭醉，妄議時政笑語頻。
苗子永玉賦新辭，君武丁聰珍晚情[十三]。中青騷客常乞教，歐美漢學朝重鎮。
舉杯相敬無紅頂，半是金髮碧眼人。乃迪喜啜威士忌，譯作不歇杯不停。
憲益離休憂朝政，小平十年三易君[十四]。六四兵燹衝冠起，怒喝獨夫老賊名。

避禍南國霧瘴地，獲赦楚囚返舊京[十五]。晚生羈旅居異域，轉瞬廿載苦流離。
額頭叩破東皋土，有國無家難歸依。師母跨鶴已仙逝，又聞恩師染苦疾[十六]。
曠世情緣和高曲，洋華絕配寫傳奇。我師淡靜功名遠，臥龍閑散看雲煙。
袖拂紫霧歸真性，心隨明月遊林泉。蒼天有義佑文星，青松翠柏享永年。

二〇〇七年春日

註：

一、楊憲益（一九一四—二〇〇八），著名翻譯家、歷史學家、詩人。早年留學英國，抗戰初期攜英籍夫人回國。生平著作、譯作豐碩。代表譯作有《資治通鑑》、《老殘遊記》、《楚辭》、《儒林外史》、《紅樓夢》等。

二、戴乃迪（一九一六—一九九九），原名Gladys Margaret Tayler，一般譯作戴乃迭，著名漢學家，出生於英格蘭一富有牧師家庭。牛津校園多水仙花，戴乃迪同學多稱其為「水仙公主」。

三、牛津鎮位於泰晤士河東岸，沿岸丘陵莊園多橡樹。

四、北碚為重慶嘉陵江郊區市鎮，抗戰時期成西遷大學集中地，士子雲集，士氣高昂，多抗戰英傑。

五、柳亞子一九四九年〈七律·感事呈毛主席〉一詩中有「說項依劉我大難」之句，將毛澤東比作劉邦，蔣介石比作項羽。

六、抗美援朝戰爭初期，中共號令全國人民捐款購買蘇俄戰機。楊憲益、戴乃迪夫婦賣掉天津家產，以購買大型運輸機奉獻國家。此事從未公開報導過。

七、一九六六年文革初，楊、戴夫婦二人被打成「英國間諜」、「美蔣特務」，雙雙投入北京功德林監獄，分開關押。其間楊憲益與同監的白雲觀老道長結為知交，私相切磋道家經典以熬歲月。獲釋後，二老長相往來，直至道長仙逝。

八、一九七二年中美兩國政府恢復往來，急需英文專家，楊、戴夫婦才在周恩來總理多次過問下出獄，並告知無罪。

九、官廳、密雲為兩大人工湖泊，是北京城區的主要水源供應地。

十、九門八廟，舊稱京師九門，西山八廟。八廟即今香山八大處。

十一、譯《芙蓉》，指戴乃迪女士英譯長篇小說《芙蓉鎮》、《古華小說選》二書。

十二、一九八二年春，楊憲益先生、戴乃迪女士曾赴古華家鄉湖南郴州、嘉禾、橋口、莽山一帶考察訪問，受到當地政府熱情款待。

十三、黃苗子、黃永玉、華君武、丁聰四位書畫巨匠均是楊家至交、常客。

十四、三易君，指一九七九至一九八九年間被撤換的三位中共中央第一把手：華國鋒、胡耀邦和趙紫陽。

十五、「六．四」屠城翌日，楊先生的友人安排他去南方某地避亂。後北京主事者允許他返京，只命令他「退出共產黨」，其餘不究。

十六、戴乃迪於一九九九年十一月病逝於北京。楊憲益先生已是九秩高齡。近年來染疾，醫院竟要求他先付十五萬元人民幣才予醫治。天津楊家一九四九年後的億萬家財都到哪裡去了？楊老至今只能請一名農工在家中照料起居，苦熬病痛，晚景淒涼。

鳳凰銘　憶先賢沈從文

余生也晚，第一次讀到沈從文先生的小說是一九六二年下放農場勞動期間，那湘南山區農場距首都北京有千里之遙。第一次到北京改稿是一九七七年，得知沈公已舉家返京，他的「反共文人」帽子尚未完全摘除，不便生客到訪。第一次在北京長住是一九八〇年，進中國作協文學講習所學習，寫了《芙蓉鎮》、《爬滿青藤的木屋》等習作，曾向講習所負責人提議請沈從文先生來座談鄉土文學，未果。一九八二年夏天、秋天又住人民文學出版社改稿，經一位編輯老大姐提點，給沈公寫信，敬呈長時間渴望拜見鄉長之情。未幾，竟收到沈公一封長達五頁的回函，宣紙手書，直行章草，遑論內容，單從書法藝術看，也是一件難得的珍品。記得收信後第一個周末就去了，真是一見如故，相見恨晚。沈公笑稱「鄉下人」見「鄉下人」。以後常去北京，也就成為沈府常客。

沈公愛聽當下湖南家鄉各類新鮮逸趣，也多次談及他和丁玲等人幾十年的恩怨種種。勸他把一些珍貴的文壇史料寫成回憶錄，則總是搖頭嘆息。一九八四年夏天去拜望沈公時，他坐了輪椅，說古華我站不起來了。張兆和媽媽則帶著她永遠祥和的微笑告下，是四月裡去中山公園看牡丹「惹了邪氣」……。最後一次拜望沈公和張媽媽是一九八七年春天，同去的還有湘籍老作家康濯。康濯老人是要向沈公表示自己五〇年代肅反運動時參與整人的歉疚。沒想到此次拜訪竟成永訣。一九八八年五月我已旅居溫哥華，驚悉沈公跨鶴西去，傷悼之餘，寫下一篇〈拿筆的巨人〉。明年是沈公仙逝二十周年，晚生吟哦新樂府〈鳳凰銘〉，一抒懷念衷情。

二〇〇七年七月謹記

武陵山下鳳凰城，湘黔交匯白雲深。土家苗家同閭巷，青石麻石龍盤亘[一]。
沱江碧綠潛蛟鼉，兩岸青山縱猛禽。吊腳樓頭倚山女，滿頭銀飾青花裙。
土家俚俗崇巫術，儺神跳月植慧根。荊蠻地僻生祥瑞，土家兒郎沈從文[二]。
十四入伍為甲兵，安營結寨類王城。湘黔川邊行綏靖，飽覽荊楚古民情。
土司匪氣兼義氣，兒郎二十出武陵。平疇闊野天外天，燈紅火綠到北平。
初如山牛入華都，恍若夢幻登玉虛。北大旁聽勤學問，紅樓殿堂任出入[三]。
燕園學府重高才，群賢薈萃未名湖。喜遇丁玲胡也頻，鄉梓親愛在一屋。
初試啼聲天破曉，《福生》、《山鬼》噴薄出[四]。傾情武陵桃源事，古楚風物凝璣珠。

一時名重京畿道，湘西牧歌唱婦孺。獲聘青島執教鞭，女生雲鶴樣貌鮮[五]。
每逢聽講必發問，師長妙語解疑難。心儀校花張兆和，情書妙文投愛河[六]。
兆和一籃呈胡適，校長代拆稱妙可。羊毫眉批誨高足，此子才情勝你我！
嬌羞掩扉細品讀，詩情畫意沁心魔[七]。土著個小非倜儻，校花芳心人錯愕。
胡公愛才名天下，大儒作伐傳佳話。湘子蘇女天仙配，吳越春光映彩霞。
丁玲也頻投左翼，滬上文苑聚風華。魯郭胡茅成陣線，四條漢子舞刀叉[八]。
從文不附魯公黨，被誣胡適門下犬。魯迅怒喝第三類，文壇大佬舌如槍。
從文無心應筆戰，無黨無派耕硯田。
《長河》、《湘西》新詩畫，《三三》、《蕭蕭》動文壇。
如歌行板唱《邊城》，塑就一代大師名。抗戰西遷赴春城，西南聯大多門生。
不問政事勤文事，管它國共龍虎爭。北平易幟新中國，赤天赤地稱共和。
城鄉鎮反腥風烈，恨無地縫避血火。欣聞雲鶴即藍蘋，未忘青島為青衿。
菊香書屋設家宴，領袖賞飯品肥肫[九]。菩薩好敬鬼難纏，階級專政刀斧森。
文壇新主舊左翼，指認從文「反魯迅」。「反共老手」「胡氏犬」，查禁著作查成分。
大會小會聲聲吼，文網重重難脫身。迫令認罪沒完了，從文驚嚇神志昏。

割腕斷脈圖自淨，血流如注赴幽冥[十]。兆和搶救幸及時，發配故宮陪死人。
中年改業習考古，歷代服飾鑽冷門。紅旗拂天起狂瀾，文革囚徒一串串。
新帳舊帳算總帳，遊街示眾任作賤。焚琴煮鶴神聖事，打砸搶抄血濺天。
批倒批臭問罪責，刺配江漢雲夢澤。霧瘴茫茫天昏瞶，溽熱蒸蒸地濕糜。
老夫老妻令分居，兆和牧場飼雛雞。從文體弱人皆拒，獨居泥屋徒四壁。
鄉人不識凌雲木，明珠失價墮糞泥。蘇武北海尚牧羊，碩儒雲夢遭遺棄[十一]！
四顧茫茫無人家，曠野荒丘饒鼠狸。黃蛇蛙蟲徹夜叫，萬籟狂噪塞天地。
春秋更兼連月雨，頂蓬滴漏珠玉泣。時有長蛇入巡視，吱溜曲行無攻擊。
搬來廢磚擺十字，竟成鳥道通四夷。水屋舉傘踱禹步，念誦騷賦作祕笈。
効法文王演八卦，往復南北與東西。詩仙詩聖聊相伴，陶潛蘇軾亦相惜！
兆和七日方一聚，藏回雞子解饞饑。患難夫婦共生死，長夜攜扶盼虹霓。
北京易儲走馬燈，領袖獒搏龍傷身。臨終欽點華阿斗，大位失守陷皇親。
從文兆和返京城，反共惡謚仍纏身。「講師待遇」誠荒謬，「政協常委」作弄臣[十二]。
功名利祿皆時事，一生牢落證乾坤。香港出版《服飾史》，輝煌巨著耀古今。
再出文集三十卷，千萬文字樹文旌。《邊城》、《三三》上銀屏，國人重識沈從文。

廢文廢人三十載，秦火過後見真淳。國門半開迎賓客，海外漢學沈氏熱。
博士碩士遍歐美，書評傳記在外國。牆內開花牆外香，文化專制說不得。
前門陋室成聖地，沈學名高官失色[十三]**。詞宗引領方塊陣，風騷獨掃千人軍。**
道德文章柔若水，湖海浸淫萬木春。天地不仁日月逝，劫盡甘來病疴沉。
老驥歸心對明月，武陵衰鬢逢秋深。晴空一鶴上杳冥，精鶩八極遊萬仞[十四]**。**
洞庭激蕩瀟湘浪，陶令作伴還家鄉。山民拜舞迎忠骨，土家苗家盡哀傷。
巫師儺神大法會，竹笙銅鼓唱滄桑。沱江聳峙文宗祠，峭壁鑿像駐青崗[十五]**。**
桃源洞府今何在，白雲深處是鳳凰！

註：

一、鳳凰城古城牆，綿延百餘里，向稱「南方長城」。
二、沈從文祖父曾任清代貴州總督，至父輩家道中落。
三、一九二〇年代，北大開門辦學，無門禁，外地學子皆可入校旁聽，不收費用。
四、皆為沈公早期小說。
五、一九二九年沈公赴青島大學執教，女生李雲鶴，即後來的毛澤東夫人江青。
六、張兆和時為上海公學學生，胡適為校長。

七、見沈公《黑鳳集》。

八、「四條漢子」為魯迅晚年給周揚、田漢、夏衍、陽翰笙四人的稱號。胡也頻於一九三一年在上海被捕，遭殺害。其妻丁玲亦被捕，囚禁南京監獄。其間沈公奔走滬寧兩地圖營救，未果。可參見沈公〈記丁玲〉。

九、一九五〇年江青尚屬中南海第一家庭「賢妻良母」，念及沈公這位昔日的先生，設家宴謝師，席間毛澤東說「沈先生可以繼續做小說」。隨後周恩來也曾宴請，說了同樣的話。此事由沈公於一九八二年親口說給筆者。

十、沈公割腕自殺事，發生於一九五三年北京東總部胡同作家宿舍。被救後，安排去故宮博物院工作，從普通解說員做起。

十一、沈公於一九六九年下放湖北咸寧農場勞動改造。因年老體弱，農場生產隊不肯收留，將他放在一間四周無人煙的泥屋內任其生滅。

十二、沈公於文革末期返回北京原單位社科院歷史所，因「無學歷」，竟給他「講師待遇」，繼續蒙受歧視、羞辱。一九八〇年後，才給了個全國政協常委的虛名。

十三、一九八五年之前，沈公和夫人張兆和一直住在前門大街社科院宿舍樓的一房一廳單元裡。那一廳既是沈公的書房，又兼臥室、會客室，接待歐美漢學界眾多的來訪者。直至一九八六年才搬進崇文門東街「高知樓」。

十四、沈公於一九八八年五月去世，享年八十六歲。

十五、沈公骨灰葬回老家湘西鳳凰縣城郊，建有紀念館，館前有塑像，成為當地一處景觀。

公卿頌　贈李銳前輩

李銳（一九一七—），湖南平江人氏，其父追隨孫文為老同盟會員。一九三七年入讀武漢大學時加入中共地下黨。一九三九年赴重慶，入周公館，與周恩來義女范元甄結婚。一九四〇年赴延安，任《解放日報》編輯。在延安整風運動中被指為奸特，曾關入窯洞班房兩年，後經周恩來作保獲釋。一九四五年冬赴東北，先後任陳雲、高崗政治秘書。一九四九年南下，任中共湖南省委宣傳部副部長兼《湖南日報》社長。一九五四年調任政務院水電總局局長。一九五八年初任毛澤東工業秘書兼水利部副部長，反對興建三峽大壩。一九五九年廬山會議上支持彭德懷元帥上書為民請命，被打成「彭德懷反黨集團骨幹成員」，遭關押、勞改近二十年。一九七八年獲平反昭雪，恢復工作，任中共中央組織部常務副部長至一九八四年離休。期間協助總書記胡耀邦平反大量毛時代製造的冤假錯案，並極力提攜青年才俊。現今中共總書記胡錦濤當年即是經他「面試」後列入中央接班梯隊。他離休後筆耕不輟，為國內外著名中共黨史專家、毛澤東研究專家。主要著作有《毛澤東早期革命活動》、《三峽建壩論爭》、《廬山會議實錄》、《龍膽紫集》、《李銳書信集》等。

昔，余為文突兀，孤立郴山，八哥環侍，身處狼狽。幸老公卿李鋭修書敝省，得脫困頓。後掛席萬里，遊方海外望秦至今。公卿即余恩公矣。

壬戌清秋客北京，鄉長朱正薦晚生[一]。巍巍松柏連御道，瑟瑟桑麻識公卿。
公卿際遇向所聞，宦海浮沉死還生。達時軍機隨御輦，微時地火煉金睛。
廬山冤獄二十載，右傾集團構陷深。重演武穆莫須有，三杯然諾五嶽輕。
刺配淮西佛子嶺，紅色風暴鎖秦城。秦城刀斧青灼灼，突入囚洞血殷殷。
寶書頭角闢天地，療傷棉籤寫心經。詩成龍膽血色紫，句出劍氣照汗青[二]。
毛皇殯天啟新政，公卿昭雪返要津。重振朝綱權吏部，耀邦旗下効魏徵。
公卿喜怒容於色，中委顧委留賢名。考察遴選三梯隊，提攜後學人物新。
三千才俊獲欽點，內閣中書多門生[三]。三峽廷爭罪鄧李，四面風雨襲一身。
諤諤直聲諫造壩，浩浩長江植禍根。高峽平湖千百里，截流斷脈萬山傾[四]。
貴戚進逼公卿退，文房四寶作雷鳴。詩書為伍布新陣，狼毫奮勇頻點兵。
日夕伏案走龍蛇，廬山實錄撼皇陵[五]。追求民主立民王，竟笑暴秦少焚坑！
頭顱漸悔平生累，耄耋仍苦專制經。百無禁忌喜高談，聲震屋瓦類狂生。

耀邦下野常探視，紫陽閉關數叩門。六四廣場曾怒吼，留黨察看禁出聲。
杜宇泣血成異類，千古悲風屈子情。烈士暮年壯志在，漢唐氣象鬼還魂。
無官不貪何世道，無物不毒戕蒼生。經濟起飛誰富貴，舉國窮愁是黎民。
縱使金鐘能繞月，豈有大國屬寡人。筆追憲政洗俗耳，心隨自由回陽春。
開放報禁為先導，三權分立吏治清。篤信民主除國患，民有民享社稷新。
人權主權共榮辱，炎黃子孫樂太平。獻賦十年期政改[六]，霄漢高懸捧日心！

二〇〇八年歲尾

註：

一、朱正，李銳摯友，原《湖南日報》副總編輯，一九五七年右派，歷史學家，魯迅研究專家。

二、李銳於一九六六年文革之初從勞改地安徽佛子嶺水庫被押解回北京秦城監獄單獨關押，毛選四卷是唯一的讀物。一次他因叫喊窩窩頭餿了不能吃，看守士兵竟以刺刀突入囚洞作答，險些喪命。為保持頭腦正常思維，無奈之下，他以塗抹傷口的棉籤作筆，紫藥水作墨，在紅寶書的天頭地角空白處，陸續寫下舊體詩數百首明志。不久被獄卒發現沒收。平反昭雪後，「罪證」發還，他從中整理出兩百首，編成獄中詩鈔《龍膽紫集》，由湖南人民出版社出版，一時傳為詩壇佳話。秦城監獄位於北京昌平五雲山下，為一九五〇年代蘇聯援建，是中共專門用以關押部省級以上高官的高級政治犯監獄。

三、一九八〇年代初，李銳任中共中央組織部常務副部長兼青年幹部局局長，受總書記胡耀邦委托，負責考察遴選中央機關第三梯隊成員，提拔大批青年才俊。胡錦濤、溫家寶等當年即是經他「面試」後列入中央接班梯隊。

四、自一九五六年起，李銳一直反對長江三峽建壩，並有專著出版。初時尚被毛澤東、周恩來默認。至一九八〇年代，他仍屢次上書中央政治局常委會，力陳三峽建壩遺禍子孫之惡果，均被鄧小平、李鵬麾下主建派所排斥。

五、一九五九年廬山會議時，毛澤東禁用錄音設備，只命秘書田家英、李銳作會議紀錄。李銳以速記符號方式詳細記錄下毛、劉、周、朱等領導人講話，尤其是彭德懷、張聞天、黃克誠、周小舟等人的抗辯等。甚至在他本人被批判時，仍忠實記錄下與會者的言論。他被打成反黨集團成員後，記錄本上交中央辦公廳保存。因是李氏速記法，他人無法解讀。直至一九七九年中央平反廬山冤案，李銳要求發還他的速記本，幫助黨中央釐清當年的真實情況。隨後，他整理成《廬山會議實錄》一書出版，成為珍貴的歷史著作。

六、李銳自一九八四年離休後，無官身不輕，於中共十四大、十五大、十六大、十七大均上書黨中央，要求政治改革，推行憲政民主，開放黨禁報禁。惜均被當局所拒。

憶周揚三首

一、淚滂沱

一生撻伐何其多，人稱「師爺」負沉痾。著書立説為御用，引經據典呈碩學。
復燃秦火炙社稷，重啟焚坑禍家國。文革煉獄活報應，晚年懺悔淚滂沱。

二、勤鞠躬

逢會道歉傷殘多，逢怨鞠躬幸存活。胡風丁玲幾生死，雪峰巴人飲恨沒。
領袖左傾我作孽，兩代精英受折磨。專政嚴苛乏人性，理論異化生惡魔。
正本清源除敝政，解放思想去枷鎖。摒棄霸道歸人道，蛻變舊我為新我。
禁區禁苑莽荊叢，無懼無怨苦求索。中華文化缺懺悔，唯有先秦老廉頗。
老廉頗，今又活，周公自我痛解剖。黨內黨外傳美談，學界政界認楷模。
惹怒左王胡喬木，奏報兩宮出棍喝：動搖基根自由化，為博賢名實諉過，
主義異化惑人心，登報檢討喻全國！八十年代新冤案，胡趙無聲惟錯愕。

三、苦垂範

周公講座語諄諄，提攜後學老驥心。熱望中青作家壯，喜見翰林起新軍。
創作自由應立法，金科玉律去務盡。鼓勵創新開風氣，愛護春苗勤耕耘。
閱讀新人視野闊，每有佳作樂講評。三次晤談予教誨，安兒胡同沐溫馨：
自古瀟湘勝文彩，從來鄉土育秀林。人大會堂授獎項，汗顏虛名感念深。
一代新政惜夭折，八九仙逝植物人。周公一生苦垂範，貴在懺悔朗乾坤。

二〇一二年四月

附註：周揚（一九〇八—一九八九），湖南益陽人。早年畢業於上海大夏大學，一九二六年加入中共。曾留學日本。一九三〇年回上海後任中共「左聯」黨團書記、中共上海中央執行局文委書記。一九三五年提出「國防文學」口號，與魯迅的「民族革命大眾文學」口號相抗衡，被魯迅斥為「四條漢子」（指周揚、田漢、夏衍、陽翰笙四人）之宗派活動。一九三七年到延安，任邊區文協主任、延安大學校長、魯迅文藝學院院長等職。期間與艾思奇、張聞天、劉少奇、陸定一、成仿吾、陳伯達、胡喬木、楊獻珍、周小舟等人一起集體寫作了《矛盾論》、《實踐論》、《論持久戰》，成為毛澤東思想之奠基著作。隨後又替毛澤東主持起草〈在延安文藝座談會上的講話〉，成為延安整風運動的綱領性文件。一九四九年後歷任中央文化部副部長、中央宣傳部副部長、中國社會科學院顧問、中國文聯主席，成為新中國文藝總管。奉毛澤東指示，執行了對俞平伯、胡風、丁玲、陳企霞等人的批判鬥爭；在隨後的反右運動中，更直接參與了對馮雪峰、巴人、秦兆陽、艾青、蕭乾、黃藥眠等大批文化名人的政治打壓。一九六四年文藝整風時，他自己也被毛澤東整肅。一九六六年文革伊始，他更被打成「文藝黑幫總頭目」、「文藝黑線祖師爺」，關入秦城監獄達八年之久。獄中他開始反思自己走過的道路、功過。

文革結束後，他獲平反昭雪，恢復工作。他逢會道歉，逢怨檢討，真誠悔改在毛澤東領導下所犯的左傾錯誤，並發表〈第三次思想解放運動〉、〈關於馬克思主義異化問題的探討〉等著名論文，力圖從政治思想上幫助中共清除極左思潮的理論根源。期間他還大量閱讀中青年作家作品，予以熱情評介，並大會小會呼籲愛護中青年作家成長。《將軍吟》、《芙蓉鎮》等有爭議的作品即是在他的支持下獲首屆茅盾文學獎。他的真誠懺悔，卻被八〇年代中共理論總管胡喬木等人視為眼中釘，誣其意在動搖中共統治的理論根基，奏報鄧小平、陳雲等元老，命他以接受新華社記者採訪方式，在報紙上刊出公開檢討，蒙受羞辱，成為一樁新的文字冤案。一九八五年他於冤屈中患腦溢血，成為植物人，至一九八九年七月飲恨去世。

送湘君康濯

康濯（一九二〇──一九九一），原名毛季常，湖南汨羅人氏，著名文學家。一九三八年赴延安，一九三九年赴晋察冀根據地，一九四九年進北京，一直從事革命文化工作及文學創作。代表作品有小說《我的兩家房東》、《春種秋收》、《水滴石穿》、《洞庭湖神話》等數百萬字。今年是他九十誕辰紀念。上世紀七、八〇年代，余在長沙，蒙前輩垂青，受教無量。余以為，無論從他的個人命運到其文學成就，康濯都是他所處歷史時期文藝界的代表人物之一。他和他的同仁趙樹理、孫犁、柳青、周立波、沙汀、歐陽山、丁玲、艾青、蕭軍、張光年、李季、蔣牧良、田間、郭小川、聞捷、邵荃麟、侯金鏡、賀敬之、馮牧、王汶石、杜鵬程、馬烽、峻青、孔厥、碧野、吳強、梁斌、秦兆陽、徐光耀、劉知俠、楊沫、劉真、韶華、白樺等，本應群星燦爛，巨人比肩，史詩迭起，成就一個時代的文學輝煌！惜乎他們以生命鮮血演繹出的只是一代解放區作家的世紀悲情。痛哉，「念天地之悠悠，獨愴然而涕下」。謹此，贈寄康濯夫人王勉思先生。

文章俊彥生汨羅，屈子遺韻育康濯。羨他年少走甘陝，負笈取經渡延河。

寶塔山下承聖教，魯藝窯洞習文學。政治藝術誰第一，敵我友分新三國。
抗大禮堂論抗戰，領袖兩論光璨璨。雄辯滔滔旌旗鮮，士子紛紛投延安。
延安校場演兵馬，太行窮壤圖救亡。康濯瘦高兩腿長，奔走溝壑如山羊。
肩上挎隻盒子炮，稍帶口吃搞宣傳。土屋土炕訪貧苦，大娘大爺話家閑。
南方小子北方漢，文事政事兩頭忙。鄉情無限融水乳，筆杆槍杆入農桑。
風雨澆開山丹花，贏得冀中美嬌娘。血火洗禮晉察冀，八路將士鑄太陽。
太陽最愛東方紅，黃土高原虎視雄。贏政李闖出秦地，又見王氣浮半空。
衣分三色食五等，金蓮舞步玉堂中[一]。一唱雄雞有社稷，萬杆紅旗樹東風。
火樹銀花耀北平，秧歌鑼鼓迎誕辰。西苑易主海水深，作家康濯兼文臣。
文學新秀勤培育，亦師亦友遍京津。兩家房東享盛譽，春種秋收入語文，
洞庭神話泣春雨，水滴石穿田園情。中南海裡常行走，作協書記新翰林。
太陽裂變雷雨電，文壇政壇冰雪霜。殘酷鬥爭日繼日，無情打擊年復年。
胡風丁玲皆入甕，國士學人多欽犯。忍看師友人變鬼，投筆四顧心茫然。
左支右絀難避禍，自請外放返冀、湘[二]。三湘自古風流地，惟楚有材朱子言。
文苑新圃灌園叟，康濯樂為孺子牛。喜見湘園苗木秀，噴綠飛花望豐收。

世紀罡風煮四海，文革秦火捲神州。焚書坑儒秦王業，打砸搶抄涌貔貅。
牛鬼蛇神無先後，右派左派一鍋粥。芙蓉國裡好遊鬥，黑幫康濯作楚囚[三]。
十年劫難幾生死，株連家人盡白頭。賴有梁鴻糟糠健，遮風擋雨無怨尤。
重陽兵變開新紀，康濯康復見天日。重組湘軍走龍蛇，三湘四水文彩溢。
十年樹木木成林，南北桃李已爭春。官不留人爺走人，晚年回京勤筆耕。
所幸文學碩碩果，不負作家拳拳心。青壯歲月付濁流，風燭殘年惜光陰。
病床伏案爭日月，生命謳歌繞洞庭。志士仁人是肉貨，一語天機藏至今。
樹理小川聞捷死，荃麟金鏡皆冤魂[四]。沒死也都身半殘，枴杖輪椅不成軍。
痛定思痛撫今昔，半醉半醒慰平生。才華多為鬥爭誤，著述屢現運動痕。
天不假年留遺恨，醫院走廊冷酷情。革命到頭見勢利，花鼓漁歌送遠行。
一代文星太陽雨，顆顆殞落在紅塵。瀟湘風月千秋在，請告何處弔湘君？

二〇一〇年九月至十月

註：

一、馬列主義理論家王實味因寫雜文批評中央領導人生活特殊化：「衣分三色，食分五等」，「歌囀玉堂春，舞移金蓮步」，在延安整風運動中被捕並死於非命。

二、康濯於一九五八年下放河北省文聯工作。一九六三年轉湖南省文聯工作。他一直熱心培養各地青年作者。

三、一九六六年文革初起，康濯即被打成「湖南省第一號黑幫分子」，受迫害時間長達十年。他五〇年代曾經參與整人，後來被整得死去活來的又是他自己。

四、趙樹理、郭小川、邵荃麟、侯金鏡、聞捷等一批解放區出身的著名作家、詩人均冤死於文化大革命。趙、郭、邵、侯四位是康濯在晉察冀根據地及後來在北京中國作協工作期間的戰友、同事。

讀蜀公〈九五大壽話九十周年〉有感

日前，《爭鳴》創辦人溫煇前輩傳來胡公績偉〈九五大壽話九十周年〉一文，命賦新樂府一曲誌賀。余心儀胡公文章風骨久矣！今遵囑吟頌，得六十四言，貽笑方家，祈望賜正。

「九五至尊」一儒翁，大夢醒來夕陽紅。翰墨征伐七十載，如椽巨筆在禁中。
文章風流達天聽，社論社評助東風。曾掌鼓瑟唱紅日，反遭廷杖入樊籠。

領袖屢興文字獄，新皇羞煞張獻忠[二]。毛逝江囚天下幸，舉國求變風雲涌。
耀邦紫陽呼摯友，社稷新政迎歸鴻。馳驅輿情平冤獄，真理論戰作先鋒。
揭左批左頻亮劍，理論反思辨偽真。黨性服從人民性，一士諤諤八老驚[三]。
人民日報開新面，一度風行七百萬[四]。民心民意在何方，黨腔黨調今來變。
人性異化勇探索，天條禁臠敢冲犯。震悚內廷原教旨，兩宮懿旨嚴查辦。
摘除花翎一身輕，理想縈懷赤子心。青春無悔報効志，重鑽馬恩專且精：
烏托邦國幢幢影，仙樂飄飄杳渺音。階級競爭何曾有，公私兩制壁壘分。
第二國際塵封久，西歐北歐誰歸宗？共產宣言真經在，暴力萬能亂乾坤。
革命成功皆暴政，百年殺戮日月昏。神州白骨八千萬，秦皇焚坑傳至今。
大釗早作刀下客，書生謀國遭兵凶[五]。獨秀當初何獨秀，晚年懺悔已失聲。
濟世惟有三權立，民主憲政大道公。政黨政客皆民選，自由人權普世風。
晚學心儀呈淺陋，前賢點化出迷宮。烈士暮年陷逆境，依然傲骨一青松。
自身安危渾忘卻，憂國憂民水火中。唾壺空擊籲政改，[六]老驥嘶鳴振聵聾。
一代哲人樹師表，著作等身是蜀公。蜀公蒼髮西風烈，猶訴高情向碧空！

二〇一一年六月下旬

註：

一、胡績偉（一九一六—二〇一二），四川威遠人，馬列主義理論家。一九三五年入讀成都華西大學，一九三七年加入中共，任陝甘寧邊區《邊區群眾報》總編輯，延安《解放日報》採訪通訊部主任，新華社西北總分社總編輯等職。一九五二年起任黨中央機關報《人民日報》副總編輯、常務副主編。文化大革命之初被打成黑鬼，遭受迫害。文革結束後，出任《人民日報》總編輯，緊密配合胡耀邦，為落實幹部政策，抵制「兩個凡是」，批左反左，推動平反全國冤假錯案，平反「四·五天安門事件」，開展真理標準大論戰，人性異化討論等等，立下卓越功勳。一九八一年更撰寫題為〈論黨報黨性和人民性的一致〉之長篇論文，提出「人民高於一切」、「黨性服從人民性」、「黨只是服務人民的工具」的政治主張。一九八三年被迫辭去《人民日報》社長職務，掛名全國人大常委。一九八七年一月胡耀邦下臺，他處境日艱。一九八九年因同情學運、反對軍隊鎮壓，被撤消黨內外一切職務，受留黨查看處分。之後潛心理論研究，在海外發表、出版大量理論反思著作，在國內則為當局所禁。

二、張獻忠，陝西人，明末農民起義領袖，殺人狂。史載他率義軍攻占成都後，誘騙四川全省秀才萬餘人集中到成都考舉人，全部殘暴殺害。接着又屠城，在四川大開殺戒，偌大一座成都，殺得只剩下二十戶。清初，清王朝不得不從湖南、湖北大量移民去四川填充人口。

三、胡耀邦、趙紫陽主政年代，坊間有「兩宮問政」、「八老監國」之說。兩宮：鄧小平、陳雲；八老：鄧小平、陳雲、李先念、彭真、王震、楊尚昆、宋任窮、鄧穎超。

四、一九七八至一九八一年間，《人民日報》在胡耀邦保護、胡績偉主持下，刊出大量真實反映民意、民瘼文章，受到廣泛好評，訂戶一度突破七百萬，創造黨報發行奇蹟。中共黨內頑固派卻誣稱當時的

《人民日報》是「二胡獨奏」（胡耀邦、胡績偉），「『二胡獨奏』把黨中央機關報辦成了右派大字報」等等。

五、李大釗，北大教授，最早把馬列主義理論引進中國的學者，亦是中共最早的創建人之一。一九二七年四月被奉系軍閥張作霖殺害於北京。

六、唾壺空擊：晉大將軍王敦每當酒後，以鐵如意擊唾壺為節，輒詠魏武帝樂府歌曰：「老驥伏櫪，志在千里；烈士暮年，壯心未已……」

胡風詠嘆調

先賢胡風一九五五年落難之時，我是一名初中學生。湘南老家那座偏遠小縣城，也有中學教師被揪為「胡風分子」，足證新中國首開文字獄遺禍之廣、烈。後年事痴長，步入文壇，方從公開、半公開資訊中，獲知該文禍案種種不堪情狀及毛澤東御批「按語」來由，全國數萬人涉案，實為兩年後反右運動之先河。一九八四年十月，在京出席作家會議期間，曾隨康濯前輩去木樨地二十四號樓胡府，拜見胡風及夫人梅志。康向胡表述了五〇年代參與整肅的歉疚。胡老則拉住我的手說全家人都讀過你的書，能獲獎，時世確是變了。我則向梅志老人深致敬意。翌年六月，胡老謝世，曾收到治喪委員會訃告函，但追悼會遲遲未能舉行。延至一九八八年，傳經陳雲垂問，當局才給胡老摘除乾淨生前所背負的欽定惡謚。星移斗轉，似水流年。故國神遊，文禍依舊，惟作歌感慨繫之。

甲子金秋見胡風，風燭殘年一寓公。瘦骨嶙峋輪椅上，目光清澈萬事空。
半生煉獄未奪命，重回人間警世鐘。當年左營狼毫健，魯迅旗下列先鋒。
才思泉涌倚案待，下筆千言如游龍。文旌陣前多戰友，丁玲蕭軍馮雪峰[一]。
意氣豪雄輕將相，才高八斗傲三公。七月詩社高歌起，和者如雲八面風。
江東俊秀歸帳下，西川青衿來師從[二]。魯迅辭世扶棺槨，兩個口號埋禍種。
延安講話敢訾議，文藝豈止為工農？創作切忌標簽化，貴在人性造化功。
未幾講話成聖典，開啟文網結樊籠。舊隙新怨成另類，黨同伐異古今同。
三十萬言「下戰表」，三道御批響天鐘：「明火執杖類盜匪」，「刀筆殺人集頑兇」。
公安奉旨大搜捕，查抄千家立卷宗。學生朋輩陷「團伙」，書信日記作證供！
胡風分子知多少，風聲鶴唳遍域中[三]。社會主義文字獄，焚坑事業新高峰。

傳諭胡氏允活命，年年月月供示眾。京城天牢未坐穿，成都再入無期籠。
胡氏結髮名梅志，秀外慧中秉傳統。巾幗柔韌嬌小力，竟與厄運決雌雄！
淨身陪牢侍湯藥，不離不棄生死從。六月飛雪冤竇娥，二十四載囚文翁。
青春換得夫君命，中華旌表無誥封。我見梅志深鞠躬，黑暗世界亮霓虹。
我問梅志緣何力，答曰胡風我老公，無罪陷獄古來有，不信天道長迷濛，
所幸撥雲見天日，所幸兒孫多孝忠。我問胡公怨命否，答曰秦王已歿沙丘宮。
歲月驚濤拍岸去，歷史遺恨代代重。代代詞人存天問，千古悲風唱胡風！

二〇一三年二月六日

註：

一、胡風（一九〇二—一九八五），原名張光人，湖北蘄春人。一九二三年入南京東南大學附中，加入共青團。一九二五年入北京大學預科。一九二六年轉入清華大學英語系。一九二九年赴日本留學，考入東京應慶大學英文科，曾著文介紹中國革命文學及翻譯蘇聯作品。一九三三年回到上海，與馮雪峰、蕭軍、丁玲等一批青年作家成為魯迅的信徒、戰友，參加左翼文藝運動，曾任「左聯」宣傳部長、行政書記。同時發表大量詩歌及文藝評論。一九三六年春提出「民族革命戰爭的大眾文學」口號，得到魯迅的肯定。這期間「左聯」黨團書記周揚等人則提出了「國防文學」的口號。於是左翼文藝運動內

部開啟了宗派主義性質的「兩個口號」之爭，魯迅斥責周揚、夏衍、田漢、陽翰笙為「四條漢子」。後周揚赴延安，獲毛澤東信任主持全黨文藝工作，胡風一派失勢，屢遭排斥、整肅。

二、抗日戰爭爆發後，胡風團結眾多青年作家，組成「七月詩社」，編輯《七月》雜誌，出版《七月詩叢》、《七月文叢》等，在解放區、國統區、日占區均有大批青年追隨者，發現、扶植了一批被稱為「七月派」的作家、詩人，成為文藝青年領袖。

三、一九四九年新中國成立後，胡風在受到排斥的情形下，仍堅持對革命文學運動實踐中出現的系列重要理論課題，如社會主義現實主義、五四新文學傳統及魯迅精神等，進行多方面探討，見解獨到。他無所畏懼地指出革命文藝運動中的庸俗社會學傾向，對文藝創作中的公式化、概念化、工具化等進行了公開批評。這無疑點中了毛澤東〈在延安文藝座談會上的講話〉的要害。然而此「講話」實為新中國全民洗腦、知識分子思想改造的法寶，豈能被質疑，說三道四？起初是文藝界對他進行公開的批評，從報刊到會議，嚴厲批判他的「反馬列主義文藝觀」，是反動政治思想的嚴重問題。他不服，於一九五四年春寫了〈關於幾個理論性問題的說明材料〉，引經據典為自己辯護。於是犯了龍顏，決定對他進行全國大批判，同時出動公安情治系統，查抄他及朋友、學生的家室，搜獲大批書信、日記（作家路翎則是率先主動上繳了胡風老師歷年來寫給他的百餘封私人信件），作為「反動罪證」。同年七月，他又上書中共中央，題曰〈關於幾年來文藝實踐情況的報告〉（即「三十萬言書」，被稱為「下戰表」），再次替自己作了辯解，他的確從來沒有反對過黨中央、毛主席，只不過是依照馬克思主義觀點寫了些文藝理論著作而已。但他的所有這些「文字罪證」，經中宣部授意，原計畫由中國作家協會機關刊物《文藝報》作為反面教材，分三批刊出，並交《人民日報》轉載。時任中國作協書記處書記、《文藝報》常務編委的康濯，奉命為三批反面教材寫出了「編輯部按語」，仍秉持的是「批判從嚴、敵我矛盾按人民內部矛盾處理」的分寸。上述「編輯部按語」由康濯上呈中宣部周揚，周揚上呈周恩來總理，均無異議。最後由周恩來上呈毛澤東。毛澤東於當天晚上，棄《文藝報》「編輯部按語」不用，親筆寫下〈「關於胡風反革命集團的材料」的序言和按語〉，把胡風及其朋友、學生欽定為「明火執仗的反革命派別、團伙」，「這個反革命派別和地下王國，是以推翻中華人民共和國和恢復帝國主義國民黨的統治為任務的」，必須予以剿滅！「三批材料」的發表順序，也改為《人民日報》首發，《文藝報》轉載。聖旨頒下，胡風立即被公安部長羅瑞卿簽署逮捕令入獄，緊接著全國發起轟轟烈烈的反胡風運動，導致從中央到地方各級黨政軍機關、文化團體、教育部門人人自危，上千人自殺，數萬人涉案。胡風本人被判無期徒刑，後改為有期，押往四川成都長期監禁。幸有他妻子、作家梅志，以無罪之身陪伴坐監，侍奉湯藥，得以活命。歷時二十四年之久。後梅志被稱為「社會主義中國最偉大的妻子、母親」。詳見《毛澤東選集》第五卷（頁一六〇——一六七），梅志晚年長篇著作《在高牆內》、《胡風傳》，以及康濯晚年著述《關於反胡風運動的回憶》。

乙丑年廣州遇詩翁張光年 一

風在吼，馬在嘯，如今黃河不咆哮！中游上游壩重重，下游枯瘦靜悄悄。

免唱大河船夫曲，違論龍門鯉魚跳。乙丑仲春聞此語，幸會詩翁在珠島。
他來南國視親友，我為花城撰書稿。珠島園林蓬萊境，超然物外絕塵囂。
三面湖光來眼底，四季花香鳴嬌鳥。幢幢別墅繞紫荊，悠悠步道環瑤草。
瑤草瓊枝照碧水，棕櫚木棉入雲霄。此園本是宮禁地，今時開放迎客早。
朝暮信步沿花徑，詩翁離休去紫袍。常言無官一身輕，重拾童心禁忌少。
天南地北慨嘆多，晚學相隨與閑聊。文壇積弊請釋疑，言簡意賅聆誨導。
緣何怒斥清宮史，愛國賣國天知曉[二]；緣何御批俞平伯，思想一統試牛刀；
緣何舉國反胡風，忤逆「講話」犯天條；緣何文壇右派多，知識分子須洗腦；
有問「洋人死人」事，兩道批示起狂飆[三]；文藝黑線從何來，娘娘專政殺人刀；
文革浩劫您在哪，長年勞改囚幹校！東問西問好小子，不怕老夫復煩惱？
忍看舊友成新鬼，夜夜夢乞還魂草。痛煞巨匠舒舍予，太平湖淺臥泥淖[四]；
悲乎摯友趙樹理，二黑有才埋蒿草[五]；冤囚赤子邵荃麟，受盡磨難命一條[六]；
構陷詞人侯金鏡，一縷清煙奈何橋[七]；可憐聞捷熏煤氣，天山牧歌餘音杳[八]；
惜哉小川遇祝融，白雪星空烈火燎[九]！和平歲月禍連綿，九月九日歇風暴。
除舊布新萬物欣，恍若隔世憶前朝。爾輩適逢好時日，文藝復興望春潮。

干預生活能獲獎，面折廷爭費心勞[10]。文學大寫一「人」字，江山社稷樹華表。
盼多司馬春秋筆，漢唐氣象寫今朝。詩翁教誨語諄諄，儒雅音容長縈繞。
八九學運他吶喊，不准開槍他咆哮[11]！開閘盡傾黃河水，難洗廣場屠城刀。
史詩黃河大合唱，磅礴宇內千古少。炎黃子孫踏歌行，鐵鐃銅鈸唱到老。
壯哉詩翁跨鶴去，千騎萬乘迎碧霄。

二〇一三年三月七日

註：

一、張光年（一九一三—二〇〇二），又名光未然，著名詩人。湖北光化人。一九二七年加入中國共產主義青年團。一九三九年曾率領抗日演劇第三隊赴延安，與冼星海合作創作〈黃河大合唱〉。一九四〇年到重慶、緬甸、雲南等地從事文化活動。一九四九年後歷任《劇本》、《人民文學》、《文藝報》主編，中國作家協會副主席，黨組書記，文心雕龍學會會長，中共中央顧問委員會委員等職。主要作品有歌詞〈黃河大合唱〉、詩集《五月的鮮花》，長詩《伊洛瓦底》等。

二、《清宮秘史》為一九五〇年代影片，劉少奇稱為愛國主義影片，毛澤東斥為賣國主義影片，禁止上映。直至一九八〇年代解禁。

三、一九六三、六四年，毛澤東連續下達兩道文藝工作批示，其中一道斥責文藝舞臺不演現代戲，專演帝王將相、才子佳人、洋人死人，文化部應改名帝王將相部、洋人死人部。

四、老舍（一八九九—一九六六），又名舒舍予，著名作家。北京人。主要作品有長篇小說《駱駝祥子》、《老張的哲學》、《四世同堂》，劇本《茶館》、《龍鬚溝》等。一九六六年八月二十四日慘遭毛氏紅衛兵凌辱後自沉於什剎後海（又名太平湖）。

五、趙樹理（一九〇六—一九七〇），著名作家。一九三七年加入中共，曾任中國作家協會副主席、中國曲藝家協會主席等職。主要作品有小說《小二黑結婚》、《李有才板話》、《李家莊的變遷》等。文革期間被毛左暴徒從北京揪回山西老家沁水縣城批鬥，一九七〇年慘死。

六、邵荃麟（一九〇六—一九七一），文藝評論家。浙江慈溪人。一九二六年加入中共，歷任中共浙江地下省委書記、中共香港工委副書記、中國作家協會副主席兼黨組書記等職。文化大革命中被誣為叛徒，一九七一年死於獄中。

七、侯金鏡（一九二〇—一九七一），文學評論家。北京人。一九四二年加入中共，歷任華北軍區政治部文化部副部長、中國作家協會書記處書記、《文藝報》副主編。文化大革命中被打反革命，一九七一年迫害致死。

八、聞捷（一九二三—一九七一），著名詩人。江蘇丹徒人。一九三七年加入中共，一九四九年隨軍到新疆，後任上海作協理事、蘭州作協副主席等職。代表作有詩集《天山牧歌》、《生活的讚歌》，長篇敘事詩《復仇的火焰》等。一九七一年因被張春橋指為叛徒、並禁止他與女青年作家戴厚英結婚，而在上海家中開煤氣罐自殺身亡。

九、郭小川（一九一九—一九七六），著名詩人。河北豐寧人。一九三七年加入中共。歷任中央宣傳部文藝處副處長、中國作家協會黨組書記、《人民日報》特約記者等職。一九五八年後一直遭受批判、鬥爭。代表作品有《白雪的讚歌》、《望星空》、《將軍三部曲》等。一九七六年死於河南林縣招待所大火。

十、當年中國作家協會舉辦的文學評獎往往對某部作品兩派分歧激烈，竟有吵到中央書記處才見分曉的。

十一、一九八九年北京天安門廣場民主運動期間，張光年和一批文藝界著名人士聯名上書，要求中共中央與學生談判解決問題，堅決反對大軍進城，反對向手無寸鐵的學生和市民開槍。六四慘案發生後，中共中央顧問委員會召開生活會，對他進行批判教育。他直至二〇〇二年去世，不改初衷，表現出一代大家的浩然正氣。

詠蕭乾大師

書山稿林蕭乾家，典籍似伏千軍馬。六國文字通內外，中西毫兵任揮灑。
入室鳥道側身行，一案安詳夕陽斜。故紙堆中一翁起，笑面相迎文菩薩！
菩薩不近菸和酒，待客唯進龍井茶。不復當年英爽姿，無冕之王何瀟灑。
隻身闖蕩具孤膽，不帶地圖走天涯。大公報社特派員，歐陸戰場見廝殺。

痛睹文明浴血火，親歷倫敦大轟炸。諾曼底灘屍填海，百萬德寇盡棄甲。
英美勁旅鐵旋風，納粹垂亡尚掙扎。蕭乾天天發捷報，書生報國筆生花。
聲情並茂傳資訊，鼓舞東方護中華。東方西方一體戰，德寇日寇齊征伐。
盟軍進軍柏林城，易北會師呼烏拉。納粹投降拍巨照，見證審判希特拉。
國聯記者慶功宴，蒙帥祝酒驚見他。唯一華冑享殊榮，政要讚許國人誇。
歐陸歸來成英雄，左派右派奉鮮花。出生入死大記者，報業驕子傳佳話。
一九四九迎新政，以為家國滿天霞。未幾運動年年動，鎮反肅反關管殺。
復燃秦火重焚坑，思想改造套頸枷。洗心革面求饒恕，脱胎換骨望寬納。
人格尊嚴落糞土，斯文掃地夾尾巴。國中遍地是昭關，文士一夜盡白髮。
知識文化負原罪，階級專政鐵掃把。因賦詞章抒胸臆，文網恢恢淩空下。
反右敕封大右派，二十二載同牛馬。歐陸採訪成罪孽，不堪淩辱曾自殺。
勞役發配雲夢澤，雨雪風霜事桑麻。所幸煉獄苟活命，仰仗夫人養湖鴨。
夫人本是書香子，日語專家泥裡扒。九月九日傳佳訊，馬列頂峰轟然塌。
螞蟻緣槐稱雄主，南柯夢醒是夜叉。我見前輩文革後，平反昭雪復風華。
住進高樓臨御道，文史館長有專車。前輩關愛付魚雁，日報晚報續刊發。

每逢進京多教誨，文苑英華在蕭家。與論作家爭權益，著作版權籲立法。
人間多少不平事，書生何能濟天下。屢問湖湘民生計，常憶歐陸碧血花。
老驥識途志千里，猶在疆場未卸甲。廉頗暮年唱大風，仍戀當年汗血馬。
生平際遇屬傳奇，華夏文明一奇葩。

二〇一三年四月二日

附註：蕭乾（一九一〇—一九九九），北京人，蒙古族。著名報人、記者、文學家。一九三五年畢業於燕京大學新聞系。曾任《大公報》駐歐特派員，倫敦大學東方學院講師。第二次世界大戰期間，撰寫大量歐洲反法西斯戰場報導，聲情並茂，寄回國內發表，極大地鼓舞中國軍民抗戰士氣。亦是唯一一位見證了德國納粹投降及紐倫堡國際大審判的中國記者，為當時中國新聞界傳奇人物。一九四九年後任《人民中國》英文版副主編、《文藝報》副總編輯等職。一九五七年被劃為右派分子送勞動改造，不堪凌辱，曾自縊，被夫人、日文專家文潔若救活。一九七八年獲平反昭雪，任人民文學出版社編審、第七屆全國政協委員、中央文史館館長等職。生平著作、譯作豐碩，主要著作有《蕭乾回憶錄：不帶地圖的旅人》、《負笈劍橋》、《紅毛長談》、《這十年》、《蕭乾選集》等，主要譯著有《大偉人江奈生．魏爾德傳》、《莎士比亞戲劇故事集》、《好兵帥克》、《培爾．金特》等。一九八六年獲挪威王國政府勳章。享年八十九歲。

三魚圖紀事——懷念胡絜青先生[一]

老舍夫人胡絜青前輩，著名國畫家、書法家，曾於一九八三、一九八六年兩次贈詩扇、畫作於晚學。兩件墨寶伴我羈旅海外三十年，前輩亦仙逝十餘年矣！人生恩遇，無以回報，唯作歌感懷其事。

舒母贈我三魚圖，蓬蓽生輝望晴居。栩栩丹枝開國色，閃閃銀鱗游江渚。
春江似隱花月夜，濤聲疑留漁人賦。款題古華忘年友，汗顏晚學感恩遇。
緣起拙著試啼聲，鄉牛莽撞入京都[二]。稚筆攪動御溝水，險觸禁鑾惹天怒。
時運憐憫俗夫子，「人文」師友多呵護。爽朗女史舒濟姐，老舍先生千金玉[三]。
一日邀約品香茗，古樸胡同名豐富。鬧中取靜燈市口，望眼綠蔭盡槐樹。
小巷深院出洞天，文脈書香通九衢[四]。桑麻小子南方來，拜見當今瑤池母。
舒姐緩步先叮囑，言語慎勿涉先父。先父未及逃浩劫，文革冤沉太平湖[五]。
母親年高強歡顏，一腔酸楚少傾訴。幸有老張哲學在，重啟茶館人如堵。
駱駝祥子胡同遊，四世同堂常青樹[六]。前庭花木早蟬鳴，後院陽雀正吐哺。
溫馨果如入瑤池，座中葡萄翡翠綠。几上花茶薩琪瑪，壽星慈顏見如故：

好個湖南鄉下人，譏誚連篇令捧腹。看似老實巴交貌，原來蔫壞全在肚！
皆說師出沈從文，鄉村牧歌涓涓續。三湘地沃盛芙蓉，五嶺山深多秀木；
前輩謬獎誠惶恐，晚生邯鄲初學步。籍籍湘南一布衣，長年躬耕騎田隅[七]。
爭奈阡陌霧霾深，公社苛政猛如虎。斗膽習文掠皮毛，乞乞點化鄉野愚。
老少笑談投機緣，間中屢問禾與黍。南方自來小吃豐，何謂瀟湘米豆腐？
昔年幾番赴潭州，作客不曾嚐此物。湘民百味嗜鮮辣，北人偏食少口福。
不覺西山陽烏沉，霞光燦燦垂天幕。臨別慈顏贈一扇，笑稱夏日予拂暑。
開展此扇不尋常，雙面墨寶深功夫。七言贈詩書小楷，另寫紅梅撲面出。
舒母詩書畫三絕，持此珍稀同文物！歲月倏忽三十載，人世風煙幾翻覆。
羈旅域外隔重洋，圖扇須臾未離去。三魚圖下思故人，至今猶記太平湖。
太平湖，老舍劇，京韻大鼓未落幕。青史丹書舒舍予，鐵鐃銅鈸和淚訴。
淡忘歷史潑皮兒，枉作蚍蜉撼大樹。舒氏經典岱嶽高，天長地久任感悟。

二〇一三年農曆春節

胡絜青先生贈扇七律

人道湘鄉風光好，妙在開發造化巧。蔥籠清幽花爛漫，翠潤如鏡照瓊瑤。傍山無際豐收響，長治久安涌心潮。憨娃稚女歡勝利，振筆疾書最妖嬈。

造化一字落下　古華同志兩正　七十八歲絜青題句

註：

一、胡絜青（一九〇五—二〇〇一），滿族，北京人。從小熱愛花鳥繪畫。一九三一年畢業於北平師範大學國文系。曾任北師大附中教師，重慶北碚女子師範學院教授。一九四九年後歷任北京畫院畫家、中國畫研究會常務理事、北京市文聯常委、全國政協常委。代表作有工筆大畫《姹紫嫣紅》，寫意花鳥《月季》、《銀星海棠》、《傲霜圖》等。晚年編輯出版《老舍文集》等。

二、一九八二年，人民文學出版社出版筆者拙作長篇小說《芙蓉鎮》、中短篇小說集《爬滿青藤的木屋》。

三、舒濟，老舍先生長女，時任人民文學出版社現代文學編輯室編輯，為人熱情爽朗，把筆者的兩本習作推薦給她母親胡絜青先生閱讀，後告訴筆者：老太太看你的書，樂得格格笑呢。

四、北京東城燈市口豐富胡同十九號院，老舍先生（一八九九—一九六六，原名舒慶春、字舍予）一九五〇年代以稿費購得，為全家人生活、工作院落。文化大革命期間曾被侵占，後歸還。現為「老舍紀念館」，舒濟任館長。

五、一九六六年八月二十四日，老舍先生與北京文藝界二十多位名人（包括馬連良、尚小雲、言慧珠、荀慧生、于是之、蕭軍、管樺等）在東城孔廟內遭毛氏狂熱紅衛兵小將批鬥，被打得皮開肉綻。他只淡淡地回了一句：士可殺，不可辱！當天批鬥會後，他沒有回家，而是走進了什剎後海（又名太平湖）。第二天發現他的浮屍時，身上有一本作為護身符的《毛主席語錄》。周恩來聞訊後痛惜不已，至晚歲病危時仍唸叨八月二十四日是老舍先生忌日。一九八〇年代初，北京曾上演大型話劇《太平湖——老舍之死》，紀念其事。

六、《老張的哲學》、《茶館》、《駱駝祥子》、《四世同堂》皆為老舍先生經典名著。

七、余之老家在五嶺山脈騎田嶺北麓，一九六七年文革高潮期間曾以「貧下中農最高法庭」名義大規模殺害地富分子及其子女。後被視為「階級鬥爭擴大化」，不了了之。

懷念馮牧

馮牧一生未婚娶，詩書美文作伴侶。家住西城木樨地，藏龍臥虎盛文氣。

大廈層樓翰林多，胡風蕭三好鄰里。早年投身一二·九，曾赴延安讀魯藝。

淮海前線寫戰報，西南邊關從軍旅。多雨貴州采苗謠，七彩雲南錄儺戲。

忘情淨土瀘沽湖，愛煞傣鄉波蘿蜜。唱罷石林阿詩瑪，長謳紅河訪哈尼。

惜別昆明滇池春，返京沙灘任文史。擔綱主編文藝報，時逢開放春潮急。
全國作協窮當家，老驥奮蹄舞刀筆。小説選刊開新紀，文苑群芳競鮮麗。
青皮後生廣提攜，華章佳構重奬挹。倡行寫實闖禁區，挑開大幕説真諦。
破冰首發班主任，綠化樹作生死祭。逆天犯人李銅鐘，高山花環軍魂泣[二]。
中青作家越雷池，傷痕文學大演義！幕幕悲情字字真，剝繭抽絲窮根蒂。
但見陣前領銜者，儒將馮牧舉旌幟。當年晚學在京師，承蒙錯愛常拜謁。
開敞心扉與傾談，賜教賞飯融融意。前輩一力護後生，拙著幸能脱抨擊。
幾番捎話催入彀，山民野性無身計。歷經文場履薄冰，至今夢魘遺驚悸。
而今恩師已作古，天人遠隔難重聚。幸有馮牧散文奬，文脈清流得承繼。
身後豐碑在人心，代代作家長致禮。一部當代文學史，不忘馮牧墊基石。

二〇一三年三月二十九日—四月一日

註：

一、馮牧（一九一九—一九九七），北京人，著名文學評論家、散文家。歷任延安魯迅文藝學院研究員，隨軍記者，昆明軍區文化部副部長，中國作家協會書記，《文藝報》主編，《小說選刊》主編等職，是中國新時期以傷痕文學、反思文學為代表的文學復興運動的主要推手、傑出領航者之一。

二、劉心武《班主任》、張賢亮《綠化樹》、張長弓《犯人李銅鐘》、李存葆《高山下的花環》等皆為傷痕文學早期小說代表作品，均經馮牧等老一輩極力肯定，突破阻力，使之獲得文學獎項，廣受讀者好評，開啟一代去偽飾、寫真實的新文風，為一九七〇年代末、八〇年代初的思想解放運動推波助瀾，功不可沒；亦是新中國文學最輝煌的歲月。惜一九八九年「天安門廣場風波」後風光不再。

懷念人民文學出版社編輯龍世輝[一]

文學出版築殿堂，位在朝內大街南。殿堂亦多老黃牛，殫精竭慮刊經典。

日日研磨倉頡字，歲歲耕作翰墨田。只為他人作嫁衣，一眾伯樂具慧眼。

我識人文龍世輝，時在一九八零年。鄉村牧歌初譜成，世輝賞識予力薦。

笑稱生平遇二稿，林海雪原芙蓉潭[二]。忘年呼我古老弟，視同親友情無間。

借我禁書悄悄閱，啟我蒙昧聽絕弦[三]。論及文壇紛擾事，如數家珍盡傾囊。

文壇本為百家事，大狗小狗齊喧闐。爭奈奉行毛講話，服務政治成鎖鍊。

文藝只為工農兵，文化專制刃閃閃。歌功頌德儒術腐，文字獄中遍沉冤。

剩下八個樣板戲，一個作家叫浩然。金光大道落笑柄，圖解政策徒卑賤[四]。
爾輩幸逢今時日，劫盡甘來開新面。傷痕反思大書寫，解凍破冰迎春天。
一代文星已殞落，企盼新人競比肩。文苑稀缺大手筆，從來俊士出鄉縣。
震聾發聵語諄諄，惜我築繭未破繭。渾渾噩噩渡歲月，塗塗抹抹為稻粱。
恩師年前辭帝京，或赴玉虛採華章。

二〇一四年五月

註：

一、龍世輝（一九二五—一九九一），湖南武岡人，侗族，著名文學編輯家。一九五二年畢業於北京輔仁大學國文系，後入人民文學出版社任編輯、編輯組長、當代室副主任等職。一九八〇年代任作家出版社副總編輯、編審。

二、《林海雪原》為一九五〇年代長篇小說，後被稱為紅色經典，改編過革命樣板戲《智取威虎山》。龍世輝曾多次告訴筆者，此書原稿很不成熟，出版社領導指派他幫助修改，許多章節都幾乎重寫一遍。他曾要求作者在後記中有所說明，但被婉拒，出版社領導也不置可否，但社裡存有該書原稿可資後人查詢。他任責任編輯的書目還有《子夜》、《瞿秋白文集》、《路》、《赤橙黃綠青藍紫》、《將軍吟》、《芙蓉鎮》等。拙著《芙蓉鎮》原稿曾名《芙蓉潭》。

三、一九八〇年代初，鄧麗君的愛情歌曲在大陸尚被官方查禁中，筆者在龍世輝先生住處第一次戴耳機聆聽天籟之音。

四、一九七五年文革末期，毛澤東曾批評沒有小說、沒有散文，全國只有八個樣板戲，一個作家。《金光大道》為浩然文革代表作，完全遵照江青「三突出、三陪襯創作原則」完成。

緬懷張賢亮

賢亮，吾之老友已矣，雖萬人何贖！

驚艷賢亮綠化樹，八零年初在帝都。龍章鳳姿何俊朗，風流倜儻俏丈夫。
傷痕文學領頭羊，竟是昔日重罪徒。大風唱來右派帽，刺配朔方著囚服。
三番加刑十九載，流徙歲月勝蘇武。黃河故道曾牧馬，賀蘭山深作炭夫。
土窯挖煤爬狗洞，饑荒逃亡誰救贖！單間囚籠幾生死，西北朔漠遍枯骨。
何曾奢望易社稷，毛逝江囚啟晴曙。小說奇譚濟時運，禿筆狂草引瞋目。
一路春風進京城，仍是簪纓詩書族。嘻笑怒罵皆文字，屢有放浪尋彌補。
蜻蜓點水路邊花，周遭粉絲妙曼舞。男人一半是女人，習慣死亡菩提樹。

花甲之年影視城，飲譽西域成巨富。一身功名屬後世，一生福禍誰人鑄？
黃河落日孤煙直，張氏傳奇垂天幕！

二〇一四年十一月三日

附註：張賢亮（一九三六—二〇一四），出生於民國時期上海書香富有家庭。一九五七年二十一歲時，因在西安《延河》雜誌發表詩作〈大風歌〉，被視為借劉邦故事影射毛澤東，竟由《人民日報》發起大批判，打成右派分子，送寧夏勞改。因其不服，三次上訴，三次加刑，共服滿十九年徒刑。一九七九年獲平反改正，寫作大量傷痕小說，蜚聲海內外。代表作品有《靈與肉》、《土牢情話》、《綠化樹》、《男人的一半是女人》、《習慣死亡》、《我的菩提樹》等。一九九〇年代，他花甲之年下海營商，創建寧夏鎮北堡西部影城，成為中國著名影視拍攝基地之一，資產數億，並解決當地近千人口就業。二〇一四年十月下旬，張賢亮先生積勞成疾辭世，享年七十八歲。他的諸多傳世作品及其鎮北堡西部影城，是他永遠的紀念碑。

寄蜀公陳志讓教授

峨嵋俊彥領儒流，名重學林廣交遊。滿腹經綸自華夏，漢學詞鋒冠美洲。

授徒無須問門第，施教何曾論薪酬。洋人弟子羨唐裝，金髮碧眼崇孔丘。
有教無類出將相，天下桃李傲王侯。廣納精英四海動，盡採璣珠五湖愁。
曾追徐市遊東瀛，幾番考據至西歐。富士山下閱檔案，多瑙河畔深研修。
天朝經院尋聖跡，帝都書館長淹留。辨識偽史百千卷，談笑謬誤萬歲憂。
文章屢令真相白，直筆常使媚骨羞。世紀謊言稱主義，理想天堂在園囿。
幾代書生中符咒，人文真知苦索求。動物農莊活精靈，權貴等級何時休。
封建復辟曰革命，大小霸主是黨酋。亘古只道巴蜀富，惟有毛朝鬼見愁。
赤地萬里人盡去，黎庶白骨誰予收。天府餓殍一千萬，豐都地窄難容留。
少談故國神聖事，多情華髮續春秋。錦城母校立銅像，加國學府有專修。
著作等身成定論，學貫中西真風流！見說猶太園林好，愉悅身心九十九。
百歲龜齡尋常事，尚有百元大注籌。人瑞壽比南山日，晚學拜舞樂悠遊。

二〇一三年三月十四日

附註：陳志讓（一九一九—），四川成都人，著名漢學家，歷史學家。加拿大約克大學終生教授，北美眾多漢學家皆出其門下。陳老著述豐碩，皆為英文版。我於一九八八年旅居加國，承蒙他諸多關愛呵護，賜教無量。其間曾贈送多部辭書，沿用至今。二〇一〇年他九十高齡入住多倫多郊外一座猶太養老院時，曾和晚輩我「約賭」，他活一百歲我就獎他一百加元，其性情曠達樂天，可窺一斑。近日賜信，告知聽力不敏，今後只能書信聊天了。字跡清晰，筆力遒勁，一如往昔。我讚他「九五至尊，寶刀不老」，真正福壽南山。

致尊者

「未歸」「未歸」子規啼，共住大溫似遠離。幸識前輩三十載，痴長晚學逾古稀。
年來不見壽星面，時在清樣讀眉批。鐵畫銀鉤神彩健，評點時政妙刀筆。
維港高懸雙星座，案頭兵勇布陣棋。篇篇宏論作良藥，句句諍言是砭石。
生平說盡社稷事，廉頗未老尚擎旗。擎旗不忘笑趙括，天下風煙演雄奇！

二〇一三年十二月十二日

懷念長兄羅鴻奎（註）

丁亥六月南海濱，我越重洋會至親。客居港島調景嶺，長兄一見呼乳名！
二十年後五晝夜，話語溪流傾離情。鄉音未改兒時調，長嘘短嘆嘎啞聲。
五兄妹中我年幼，亦過花甲古稀行。弟兄蒼鬢對華髮，勞燕分飛悵天涯。
坐從日暮訴往事，星月無眠升早霞。童年喪父母乞討，小弟淪為小叫花。
沿街化緣書香子，牆角夜宿夢哪吒。幸有長兄憐手足，歧路拾回醜小鴨。
送我上學著青衿，每有佳績隨人誇。奈何惡謚附形影，階級出身套頸枷。
四次下放兄疲累，三番失學弟高壓。農場躬耕十四載，硯田偷種字莊稼。
我得虛名文革後，青藤木屋綻山茶。更有茅公文學賞，傾城一樹芙蓉花。
掛席域外遊海月，避秦北美做客家。人生難得自由身，歷史長卷任揮灑。
麾下百萬毫兵陣，素箋千重滿煙霞。長兄當年不吐哺，或我一生隨牛馬。
兄是羅門頂梁柱，頂風逆浪真豪俠。兄是羅門長青樹，四世同堂嘉年華。
奉養老母盡孝道，撫育兒孫成健娃。粉筆執教半世紀，桃李芬芳遍華夏。
人生苦樂歸時運，兄弟笑談付流霞。同輩親友多老去，桑梓恩怨逐浪花。

港島話別又經年，相約重聚紫荊下。臨行長兄赴黃泉，噩耗傳來家山塌！
愧我一生窮煮字，天涯無路再報答。

二〇一五年二月

註：長兄羅鴻奎執教小學、中學近五十年，培育人才無數。相約二〇一四年十一月至香港重聚，未想長兄於十月突發癌症去世，享年八十三歲。二〇〇七年六月在香港相聚數日竟成永訣！

贈老友陳第雄

郴州故交陳第雄乃百家子弟，從醫從農從科技從文學，皆有所成，為我輩中奇才也。年前託侄孫羅軼捎來《苦澀與甜蜜——七十餘年之生命紀實》一書，閱後更知其生平屢挫屢起，從不言敗，一身清正，不入俗流。慨嘆之餘而作是詞。

郴州俊士人中龍，歲月練就一身功。少小苦讀天井下，長成蹉跎曠野中。
採藥効法李東璧，育種遙追古神農。匠作神會魯公輸，製圖仰仗蔡敬仲。

方寸之地展拳腳，鐵木泥瓦無師通。廢材嵌成俏傢俱，鏽條能織大雞籠。
郊區養雞機械化，十萬種雞啼朝霞。不私小家為大家，撰文推廣動華夏。
舉國參觀同聖地，取經人流如麥加。長影拍成科教片，竟被除名免策畫。
有功無賞遭污濁，個人奮鬥野心家！官家無良鹿為馬，幹才拱手避打壓。
仕途屢挫履崎嶇，中年易轍文學路。寄情翰墨勤筆耕，艱辛苦辣徐徐訴。
蘇仙傳奇試啼聲，萬華遊記暢銷書。更有白薇電視劇，一級作家名不虛。
文章層出榮榮樹，八哥環峙蘇仙麓。蘇仙嶺下一奇人，第雄功成郴江隅。
夫婦渡假北戴河，暢泳碧海萬頃波。歸來籌建菜犬園，再為社稷添花果。
募款已洽投資者，勘地相中野山坡。圖形四面起圍欄，層層棚舍千犬窩。
忽有退休文書至，哀哉宏圖歸泡沫。六十寓公正盛年，徒有壯志陷落寞。
一生遭際緣何事，夜半無眠省思時。專權奴才最忌才，百代因循秦政制。
唯有兔毫屬一己，何不放手與搏奕。道破天機吐心聲，勇越雷池說真諦。
人生百態浮世繪，紅塵萬象新史記。書成或能樹經典，不藏深山傳當世。

二〇一三年八月三十一日

憶梅霞新

相識霞新好年華，他年十九我十八。蘇仙嶺下郴江靜，裕后街深清俊娃。
我因出身失學業，他為成分蟄居家。皆是紅朝黑五類，一根藤上兩倭瓜。
郴州梅家名金舖，霞新父祖大商賈。一九四九遁海外，遺下孫兒隨祖母。
祖母年高受管制，巨富之家成異物。老屋樓上暮沉沉，四壁書櫥列名著。
閣樓天窗透星光，我和梅兄時往還。畢竟年少心未木，同好文學私下狂。
漢賦樂府天花墜，明清白話錯雜彈。古今典籍淺涉獵，長夜切磋踞竹床。
立志寫作同心氣，崖壁縫隙覓露滴。他習長詩已多載，文筆犀利厚功底。
借古諷今深意蘊，指桑罵槐決樊籬。隱喻共產違人性，斥指苛政逆天理。
讀罷詩稿我大讚，春秋文字見真章。似歌似哭痛陳述，如劍如戟閃鋒芒。
林中響箭傳後世，空谷足音繞穹蒼！我為梅兄身安計，萬勿示人名山藏。
一九六四大四清，祖母去世徒悲憤。祖傳老屋歸公有，梅兄下放當知青。
我亦農場勞筋骨，從此梅兄無蹤影。後我成名他隱姓，世事何來有公平。
天才詩人知何去，庸常如我進京城。再又掛席遊域外，時念梅兄高歌行。

此生兄弟若幸會，定是天高地厚情。

二〇一五年一月下旬

辛卯年重逢高爾品（辛灝年）

昔高爾品，今辛灝年也。一九八〇年春，中國作協文學講習所自一九五七年反右運動停辦後，恢復建制。余與爾品兄皆為首期學員（承接原中央文學講習所序列則為第五期），邊進修邊寫作。大師授業，少束縛，多放縱，譽稱「文學黃埔」，為一時之盛。余之習作《芙蓉鎮》、《爬滿青藤的木屋》等，均出自該次進修。昨日黃花，三十年過去矣！上月爾品兄來溫哥華講座，他已是史學重鎮，名滿天下。老友重聚，恍若隔世。

京華醉別三十春，相逢竟在番海濱。你我青絲轉霜鬢，彼此白駒知天命？
憶昔文學同研習，至今著述未了情。十八省市選青衿，卅二健筆會燕京[一]。
重啟作家講習所，文壇牛犢重橫行。朝陽門外放形骸，左家莊裡耀群星[二]。

聖諭天條束高閣，離經叛道笑語頻。指點江山論時政，臧否人物看古今。
激揚文字數爾品，演義當朝我忘形。屢有刀筆挑宮禁，佳作迭出起紛爭。
文藝復興存志業，鐵肩道義在書生。文學黃埔成氣象，傷痕反思破堅冰[三]。
紙上談兵非趙括，筆走千軍錄風雲。浪說神州無天日？八九雷霆發先聲。
且看誰是新中國[四]，史學直聲賴有君。歷史重光清海市，灝年正氣滿乾坤。

二〇一一年十一月二十二日

註：

一、一九八〇年文學講習所三十二名學員，來自十八省市自治區，皆為中青年小說家，其中有王安憶、蔣子龍、張抗抗、孔捷生、陳世旭、葉文玲、竹林、阿克拜爾（哈薩克族）、烏熱爾圖（蒙古族）、高爾品、古華等。

二、當時文學講習所借了北京市朝陽區左家莊一所空置的學校復業，後更名魯迅文學院，才建了現今之朝陽區八里莊院址。

三、文革結束後，自一九七八年起，傷痕文學、反思文學（又稱解凍文學）形成風潮，往往一篇作品面世，即引起全國轟動效應，開當時思想解放運動之先河。

四、《誰是新中國》為辛灝年先生史學巨著，重釋了中國近百年歷史，被稱為「中國現代史辨」。

答學友孔捷生加州相聚贈詩

金山皓月照同窗，三十年後夜無眠。猶記燕京講習日，文苑新風何軒然。
朝陽門外群賢至，左家莊裡舞翩翩。高人授業開茅塞，洛陽紙貴誰爭先。
我本湘南農桑漢，汝係知青出椰鄉。滿面笑容時蹺課，聆聽講座發冥想。
引來海政窈窕子，懷抱吉他唱軍港。魚與熊掌汝雙獲，帝都掠美多情郎。
小河那邊飛彩鳳，南方的岸苦鴛鴦。憤世嫉俗書生氣，氣勢磅礴大林莽。
硯田耕作我亦醉，書寫當朝自張狂。晨雞啼唱芙蓉鎮，青藤木屋喻興亡。
文壇大狗小狗叫，你方唱罷我登場。天下文章八司馬，吾輩綿力慎思量。
稗官野史千古事，各領風騷笑江郎。

二〇一四年十月三十一日

致林丹

誰降大任於斯人，林丹丹爐煉青春。曾是排壇妙傳手，昔日賽場俏將軍。
忽成醫人俎上肉，潛修功法日月新。驅除魔瘴神跡在，婷婷玉立活證身。
每於銀屏傳信史，屢在會堂錄佳音。輕言曼語論時勢，字正腔圓説風雲。
默默奉獻神聖業，孜孜求索道義真。有問紅塵救贖事，可向林丹驗神韻。
神韻樂舞冉冉起，妙曲宏法處處聞。同修姐妹遍四海，惠風濟世灑甘霖。

二〇一四年十月十六日

新麗人行九首

一、卞仲耘

延安吐哺自來紅，北京育才女附中。階級專政日夕誦，革命詔書清晝同。
紅衛兵興群毆死，嚴師慈母祭狂風。

二、孫維世[二]

委身領袖輸至誠，烈士遺孤悅聖心。倩影寵幸宮禁地，真作假時假亦真。
娘娘文革懿旨下，赤裸曝臥功德林。

三、張志新[三]

后羿射日女兒身，曠世英風麗人行。探討主義生疑義，直言毛林禍蒼生。
斷喉臺上桀紂恥，世人佯醉她獨醒。

四、嚴鳳英[四]

人間天籟天仙配，清歌曼舞黃梅醉。草臺出道徽州女，一代名優輕富貴。
為訴饑饉遭剖腹，梨園猶唱萬萬歲。

五、林昭[五]

聖女凜然犯天條，血書明志提籃橋。怒向刀叢呼憲政，為避淫爪縫囚袍。
鷹犬行刑簽收據，十字燃燒龍華道。

六、李九蓮[六]

天日何曾照九泉，贛州法場鎖蟬娟。只為年少書暴政，釘舌穿唇慘人寰。
亘古酷刑添新項，高標怒放血杜鵑。

七、關露[七]

滬上才女演神女，孤身侍倭共狼舞。琴棋書畫竊軍機，前方勝算由天助。
歸來卻認齷齪身，為黨捐軀懸梁柱。

八、梅志[八]

淨身陪牢廿四春，柔骨抗命佑夫君。無懼無悔履黑洞，誦詩誦史望星辰。
胡風賴以渡天獄，中華旌表第一人。

九、上官雲珠[九]

上官雲珠效綠珠？西郊行宮無丈夫。明星絕代娛偉人，領袖玩世欺仙姝。
禁中佳麗過江鯽，我以一命對鑾輿！

二〇一三年九月

註：

一、卞仲耘（一九一六—一九六六），安徽無為人。燕京大學畢業，一九四一年加入中共，在新四軍根據地從事教育工作。一九四九年後任北京師範大學女附中黨支部書記、校長。一九六六年八月文革紅色風暴中，因出身地主家庭被該校紅衛兵女生群毆致死。

二、孫維世（一九二一—一九六八），四川南溪人，革命烈士遺孤。後被周恩來收為義女，曾留學蘇聯莫斯科大學戲劇專業。一九五〇年初毛澤東訪蘇期間，隨侍克里姆林宮下榻處。回國後奉周恩來夫婦之命與戲劇家金山結婚，任中國兒童劇院總導演。一九六七年文革高潮期間，周恩來受毛夫人江青威迫，下令將其逮捕。一九六八年慘死於功德林監獄，赤身裸體臥於草席，疑為遭輪姦斃命。

三、張志新（一九三〇—一九七五），天津人。畢業於中國人民大學哲學專業，後在中共遼寧省委宣傳部工作。文革中因公開批評毛澤東、林彪被捕，獄中遭受酷刑仍不認罪。一九七五年被殺害時竟先割斷她喉管，防止她呼喊「反動口號」。

四、嚴鳳英（一九三〇—一九六八），安徽桐城人。著名黃梅戲藝術家，為黃梅戲一代傳人，名滿天下。因一九五九至一九六二年大饑荒期間演唱民間疾苦得罪權貴。文革中被誣為國民黨特務，被迫自盡，劇團軍代表竟下令剖腹搜尋發報機。

五、林昭（一九三二—一九六八），江蘇蘇州人，兒時曾受教會洗禮。一九五七年入讀北京大學期間被劃為右派分子。一九六〇至一九六二年因私下組織憲政研討兩次被捕，在上海提籃橋監獄血書二十餘萬字明志。一九六八年被槍殺於龍華機場跑道。上海公安局竟命她母親去繳交兩粒子彈費零點五元。

六、李九蓮（一九四六—一九七七），江西贛州人。文革初期為中學生。因寫日記記錄種種武鬥惡行宣洩不滿，被男友（軍人）告發入獄，拒不認罪。文革後不予平反，並於一九七七年十二月十四日遭槍殺，行刑前劊子手竟用竹籤將她的舌頭和嘴唇穿在一起遊街示眾，殘酷至極，亘古罕見。

七、關露（一九〇七—一九八二），山西右玉縣人，女作家、詩人。中共地下黨員。一九三七年全面抗戰爆發後，受黨組織安排赴日偽政權特工首腦李士群處工作並打入日本駐滬情報機構，為新四軍提供大量絕密軍情。一九四四年安全轉移至新四軍駐地，即被另眼相待。一九四九年後為北京電影製片廠編劇，反被疑為日本間諜，兩度入獄，遭長期誣陷關押，直至一九八二年獲平反，她隨即在北京西山土屋內自殺身亡。

八、梅志（一九一四—二〇〇四），江蘇武進人。民國才女，胡風夫人，被譽為「社會主義中國最偉大的女性、妻子」。晚年著有《在高牆內》、《胡風傳》等長篇回憶錄。

九、上官雲珠（一九二〇—一九六八），江蘇江陰人。女電影表演藝術家，曾被譽為中國影壇最美麗女明星。主演影片《國色天香》、《花月良宵》、《天堂春夢》、《一江春水向東流》、《麗人行》等數十部。一九六〇年代上葉孀居期間在上海西郊賓館與毛澤東共處，後被遺棄。文革初年慘遭江青迫害，一九六八年含冤自盡。

續新麗人行九首

一、丁玲[一]

一生苦難作祭牲，澧水百靈墮青雲。去時負笈窈窕女，歸來翁媼策杖身。莎菲女士今何在，錯打孩兒是母親？

二、韋君宜[二]

朝陽門內女丈夫，傷痕文學鼓與呼。力排訾議推新作，窮盡風波探明珠。晚年大書思痛錄，一生精彩存章句。

三、蘇予[三]

胡風天獄負罪身，跳進黃河洗青春。苦盡未改書生氣，甘來依然一麗人。領銜十月破禁忌，披荊斬棘文將軍。

四、章詒和[四]

如煙往事出帝京，侯門千金飽艱辛。章羅聯盟莫須有，瓦釜雷鳴掃斯文。清詞麗句說新語，存證青史女功臣。

五、林希翎[五]

鋒芒畢露展才華，為種神州自由花。杜宇失聲落沼澤，二十二載醜小鴨。
右派當到法國去，她愛祖國誰愛她。

六、新鳳霞[六]

評劇皇后大麗花，鳳冠霞帔下吳家。老舍作伐成佳偶，齊璜收徒傳書畫。
祖光落難株連苦，世紀罡風折仙葩。

七、高瑛[七]

不依不撓為艾青，可憐命婦作遠征。東北西北充軍役，茅棚地窩數天星。
相夫教子渡長夜，柔骨俠腸到黎明。

八、高瑜[八]

風急浪高入學潮，力勸學子避屠刀。錦心繡口遭誣陷，秦城巾幗負桎銬。
救人未能救自己，進耶出耶皆天牢。

九、鄧玉嬌[九]

野三關下山女嬌，楚腰纖指修腳刀。服務桑梓豈卑賤，刺莓含露花枝俏。

一眾淫官來非禮，揮刃成就女英豪！

二〇一三年十一月中旬

註：

一、丁玲（一九〇七—一九八六），湖南臨澧人。著名文學家。陝北時期曾與毛澤東關係親密，贈詩「昔日文小姐，今日女將軍」。一九四九年後歷任文壇要職。一九五五年被打成「丁玲陳企霞反黨集團」頭子。一九五七年又經毛澤東點名劃為資產階級右派，被長期關押勞改，受盡磨難。一九七八年獲平反昭雪，她自嘲是「母親錯打了自己的兒女」。

二、韋君宜（一九一七—二〇〇二），北京人。著名文學編輯家。一九三七年就讀清華大學時參加「一二·九」救亡運動。一九四九年後歷任《中國青年》總編輯、人民文學出版社總編輯等職。文化大革命結束後，為文藝界思想解放運動健將之一。著有《思痛錄》等作品傳世。

三、蘇予（一九二六—），四川人。一九四八年畢業於燕京大學新聞系，曾任《大公報》記者。一九五五年被打成「胡風反革命集團成員」。一九七七年獲平反昭雪，任北京大型文學期刊《十月》總編輯，力主刊發一系列傷痕文學代表作品，愛護中青年作家，影響深遠。

四、章詒和（一九四二—），祖籍安徽桐城。著名民主人士章伯鈞之女。文革初年因書寫「反動日記」被判刑二十年，送茶場勞改。一九七六年被提前釋放，後獲平反，任文化部藝術研究院研究員。主要著作有《往事並不如煙》、《伶人往事》等，文筆清麗，被譽為世紀奇書。

五、林希翎（一九三五—二〇〇九），浙江杭州人。十三歲參軍。一九五七年就讀中國人民大學法律系四年級時成為學生領袖，大鳴大放才華畢露，被打成資產階級右派分子，送勞動改造。一九八〇年移居法國時仍未摘帽，直至二〇〇九年客死巴黎寓所。

六、新鳳霞（一九二七—一九九八），祖籍蘇州，孤兒出身。著名評劇藝術家，吳祖光先生夫人。吳祖光被打成右派後，她婉拒組織安排改嫁，被禁止演出。文化大革命中更受到殘酷迫害，致下半身癱瘓。一九七七年獲平反昭雪，與吳先生相濡以沫，不改忠貞本色。

七、高瑛（一九三三—），山東龍口人。一九五七年著名詩人艾青被打成右派時，與艾青結婚，之後隨艾青發配黑龍江軍墾農場，再轉新疆生產建設兵團二十餘年，生兒育女，含辛茹苦，直至一九七八年返回北京，與艾青廝守終生。著有《山和雲》、《我和艾青的故事》等。其子艾未未為名重中外之行為藝術家。

八、高瑜（一九四四—），生於四川重慶。原中新社駐香港記者，後任《經濟學周報》副主編。一九八九年捲入北京學運大潮，於「六．四」前夜被捕。一九九〇年底獲釋，繼續為民主人權發聲。一九九三年再次被捕，判刑六年。一九九九年保外就醫，追求新聞自由不改初衷。曾榮獲多項國際人權大獎。

九、鄧玉嬌（一九九〇—），湖北巴東人。巴東縣野三關鎮雄風賓館女服務員，青春娟麗。二〇一一年某日，鎮幹部鄧某等三人圖姦污她，她以修腳刀自衛，鄧某傷重不治。當地欲以殺人罪懲辦她，激起全國網民聲援，為防民變，當局宣布誤傷人命不予起訴。她被廣大網民譽為「巴東女俠」、「荊楚烈女」。

再續新麗人行八首

一、韓素音[一]

日內瓦湖玉柱升，作客洛桑饕盛情。老姐忘年稱小弟，身在歐羅戀漢營。
著作盡訴神州事，名冠中西樹文旌。

二、戴乃迪[二]

聞名遐邇漢學家，牛津才女戀中華。結縭楊公生與死，文革冤獄苦嘶啞。
一生心血窮經典，英譯世界樹奇葩。

三、戴厚英[三]

未老還鄉傾所有，希望小學十座樓。錦衣夜行荒誕事，光天化日一命休。
詩人之死人啊人，鄉人劫財刃颼颼。

四、戴晴[四]

帥府義女筆千鈞，黨史冤獄數鉤沉。力諫三峽不造壩，籲請兩宮啟憲政。
若無六四屠城事，一路春風論古今。

五、倪玉蘭五

帝都奧運拆胡同，現場拍攝存證供。次次告官皆敗北，公檢法商一條龍。
律師維權臏雙足，雙拐入獄秦王瘋。

六、韓秀六

華府小城維也納，綠蔭深處韓秀家。萬卷詩書存浩氣，一支鐵筆走龍蛇。
風發四季青山在，為種神州自由花。

七、張權七

絳樹高歌入紅塵，中西經典天籟音。秋子神州第一曲，玫瑰三怨泣鬼神。
歌后竟佩右派冠，千古一帝亂乾坤。

八、林黛嫚八

生長南投林家村，稱吾大哥國語親。一十六載京夫子，中央副刊具匠心。
相夫教子女博士，人生美好在一身。

二〇一三年十二月中旬

註：

一、韓素音（一九一七—二〇一三），著名英籍女作家，其父為中國人，母親比利時人。主要作品有《傷殘的樹》、《凋謝的花朵》、《無鳥的夏天》、《吾宅雙門》、《鳳凰的收獲》等。終生對中國友好。一九八五年冬，她邀請古華作客瑞士洛桑寓所，與法、德出版商見面並簽著作出版合約，極盡忘年之交情誼。

二、戴乃迪（一九一九—一九九九），出生於英國一傳教士家庭，著名漢學家、文學翻譯家。一九三七年入讀牛津大學漢學系，與同學楊憲益相戀。一九四〇年在陪都重慶結婚，之後定居中國，終生譯介中國古典文學及現當代文學。她與楊憲益先生合譯了英文版《紅樓夢》、《楚辭》、《史記》、《儒林外史》、《長生殿》、《魯迅全集》等；一九八〇年以後，她翻譯的現當代文學作品有《邊城及其他》、《湘西散記》、《綠化樹》、《鐵凝小說選》、《芙蓉鎮》、《古華小說選》等。

三、戴厚英（一九三八—一九九八），著名小說家，安徽穎上縣人，上海大學教授。文化大革命期間曾與被看管的著名詩人聞捷相戀，張春橋下令禁止他們結婚，致使聞捷自殺。主要作品有長篇小說《人啊人》、《詩人之死》、《空中的足音》、《鎖鏈是柔軟的》等。所獲著作稿酬大多捐獻給了安徽老家建設多所希望小學。一九九八年在上海復旦大學教工寓所內被一老家的劫財凶徒殘忍殺害。

四、戴晴（一九四二—），生於四川重慶。烈士後代，葉劍英元帥養女，著名作家、記者。一九八九年曾支持北京民主學運，入秦城多年。出獄後呼籲民主憲政、自由人權。

五、倪玉蘭（一九五六—），北京人，北京正義律師事務所律師。二〇〇二年，北京市為籌辦奧運會強拆強遷民居，她在一次強拆現場拍照取證時，遭受警察毆打致小便失禁、多次昏迷，並被關押一年，在獄中未獲醫治導致殘疾。出獄後，她被吊銷律師執照，後又在上訪維權過程中再度被警察毆打致使尾骨骨折，失去行走能力，只能坐著輪椅流落街頭，繼續替自己及眾多冤民維權！

六、韓秀（一九四六—），著名美籍中文小說家。曾任教於美國國務院外交學院、約翰·霍普金斯國際關係研究院。主要作品有長篇小說《折射》、《團扇》，短篇小說集《生命之歌》、《一個半小時》、《親戚》、《食欲共和國》，散文集《雪落哈德遜河》、《與書同在》、《風景》、《尋回失落的美感》等。曾獲第四屆萬人傑文化獎（紐約）、第二十四屆中國文藝協會文藝獎章（臺北）。

七、張權（一九一九—一九九二），江蘇宜興人，著名女高音歌唱家。一九四二年畢業於重慶國立音學院，主演我國第一部歌劇《秋子》轟動山城，後赴美留學。一九五一年獲美國伊斯曼音樂學院碩士學位，回國任中央歌劇院首席歌唱家、聲樂教員。一九五七年被劃為右派分子。一九七八年獲平反。曾主演《茶花女》、《蝴蝶夫人》、《皆大歡喜》、《玫瑰三怨》等古典歌劇，為中國音樂界代表人物之一。

八、林黛嫚（一九六二—），著名作家，文學博士。歷任臺北《中央日報》副刊主編、《人間福報》文藝總監、全球華人文藝協會理事長等職。現任教淡江大學。曾獲中國文藝協會文藝獎章、中山文藝獎、世界華文女作家獎。

答文友生計問

傳余仿古製傢俱，魯班名下致富庶。忽悠番佬所獲豐，歲入斗金人稱慕。
道聽塗説十傳百，捕風捉影上網路。網路紅塵滾滾來，長川濁浪滔滔訴。
我本喜好匠作活，工藝粗淺野路數。街鄰棄有木板條，悉數拾來當寶物。
渾身塵屑不辭勞，鋸鉋銼鎊忘朝暮。手起手落哼小曲，自得自娛窮忙乎。
小櫈小櫃製若干，奉送朋輩常笑拒。熱衷此道非愚人，尚有齊璜契可夫。
世俗譏誚迂夫子，天生我材愛草木。平生志趣羞案牘，乃曾打造雙車庫。
雙車庫，兼文庫，千卷詩書稱豪富。人之富貴樂鄧通，我之衣缽存章句。
為向倉頡索祕笈，所驅部伍方塊字。金篆隸楷皆出征，海市蜃樓飛梁柱。
隱隱仙居筆下生，浩浩江河揮灑去。達官貴胄奈我何，禿筆狷狂任笑怒。
幸有敝廬容蟄居，管他華廈滿城隅。日夕野炊汲清湘，煮字烹辭飲甘露。
上窮碧落下黃泉，安貧樂道由天助！

二〇一四年五月二十日

清貧樂

晨起單騎走平岡，陣陣松風拂曉嵐。榛莽野徑沐清氣，芒鞋露草惹香鮮。
翠柏森森停虎步，鶴髮蒼蒼展童顏。搖頭晃腦且愜意，舒腿展臂自悠然。
前躬雙掌撐大地，後仰五嶽面蒼天。拳出驟雨驚落木，腳掃土石驅瀨湍。
大笑三聲污穢盡，長歌一曲百鳥喧。濁世亦多林泉景，紅塵何苦弄風煙。
歸來萬物皆祥和，鬧市清貧又一年。

二〇一四年十二月七日

筆箚六首

筆怨

師友贈管百十枝，拳拳厚愛寄相思。期盼拙著述真相，留予丹卷證史實。
惆悵臨池乏異彩，愧疚胸次短材質。徒負倉頡勁卒旅，未及征伐蚩尤師。

筆誌

派克湖筆抖精神，西耶中耶皆神品。羊毫兔毫來帳下，楷書行書百萬軍。
墨舞龍蛇繪世界，文行雨露濟生民。細數天下興亡事，歷歷青史在我身！

投筆

投筆從戎飽經綸，從來儒帥負盛名。孫武兵法千古訓，諸葛帷幄三分鼎。
仲淹手無縛雞力，國藩胸藏鑿戰兵。羽扇綸巾決國運，敢説無用是書生？

筆痴

常言義憤出詩人，家國情懷老天真。禿筆一枝招風雨，煙霞滿紙羅禍身。
江山畢竟從刀劍，秀士焉能對虎賁。皇天多有焚坑業，后土代代入強秦！

畫筆

長髮飄飄意興濃，揮灑塗抹亂虛空。水墨點石為金玉，淡彩舞鶴化蒼龍。
巉崖衰柳秋風勁，涸轍殘荷夕陽紅。最是絕色人體繪，皇帝新衣看裸供。

刀筆

豢養犬儒百十千，釣魚臺裡尋常見。指鹿為馬仰上意，翻雲覆雨察龍顏。

粱效初瀾領喉舌，兩報一刊統塵寰。勿忘文革寫作組，刀筆誅戮勝龍泉。

二〇一五年三月下旬

時事・雜言

北戴河三首

一

年年北戴河，盛夏貴人多。宮苑綠蔭裡，天堂燕子窩。
午間搏碧浪，入夜舞婆娑。碣石遺篇在，千古唱秦娥。

二

過午游海水，泳將緊相隨。晚上開小會，痛斥兩三位。
子夜妖姬豔，凌晨深韜諱。黎明方上床，日間甜酣睡。
鼾聲如雷鳴，禁軍嚴守衛。臥龍醒來時，大臣已入罪。
紅日正中天，海濱呼萬歲。

三

燕子杜鵑窩，幾番禍家國。三面紅旗舞，公社大瘋魔。
鬥爭年月日，道路兩條索。鎖鍊八億人，饑荒連朔漠。
揪出劉鄧陶，文革結碩果。跑了副統帥，神話從天落。

渤海明珠裡，代代戀秦學。

二〇一三年七月十五日

天朝遺韻六首

向日葵

兒唱向日葵，老子頷低垂。跟著太陽轉，吃苦又遭罪。
白天要加班，晚上老開會。抗旱曬出油，修渠雪裡睡。
壘起大寨田，紅了陳永貴。口糧不果腹，見物流饞水。
田頭常批鬥，打死呼萬歲。萬歲毛主席，解放全人類。
馴服工具奴，天天在下跪。年年向陽花，個個黑五類。
後人嗑瓜子，誰解其中味？

反革命

大會一聲吼，揪出某某某。某某無人色，渾身顫慄抖。
這回輪到俺？錯愕不知由。民兵押上臺，彎腰垂雙手。
列數諸罪狀，無人敢還口。運動又從頭，殺雞以儆猴。
紛紛喊打殺，群情跟黨走。保衛毛主席，奮勇當走狗。
保衛黨中央，人命算個毬。年年月月鬥，紅日正當頭。

禮黨佛

文革紅讚歌，鏗鏘唱中國。全民拜領袖，社稷崇毛魔。
工農兵商學，行行出忠僕。家家供寶像，神龕毛選座。
手持紅聖經，朝夕禮黨佛。唸誦四偉大，語錄貼心窩。
敬祝無量壽，揮拳如刀戈。太陽最最紅，紅日永不落。
思想大學校，中華遍嘍囉。江山歸一人，專政結碩果。
七六大限至，終去見閻羅。食言未西歸，馬恩空蹉跎。

紅五類

黨政軍工農，兒孫好血統。父輩打江山，後代自來紅。
繼承先烈志，接班無孬種。文革風暴起，高幹子女瘋。
停課鬧革命，個個孫悟空。清華附中吼，師大附中凶。
組建紅衛兵，造反稱豪雄。祭出血統論，重塑東方紅。
打砸搶抄抓，小將賽神勇。專政黑五類，人命如草蟲。
廣場旗如海，京城血染紅。八次大接見，號召鬧天宮。
全國去奪權，神州烈火熊。歸來風鶴唳，血雨漫禁中。
父母走資派，小將變狗熊。上山下鄉去，紅黑皆務農。
父母復官職，衙內又威風。官商融一體，豪門多鄧通。
黨庫通國庫，國庫在手中。維穩黨天下，仍然血統紅！

黑五類

地富反壞右，兒孫黑又臭。階級烙印深，思想長毒瘤。
出身不由己，生來賤骨頭。敵視新社會，做夢想復仇。

見人矮三分，見官快叩首。出工走在前，收工落在後。
遭罵唯諾諾，挨打自束手。不准當兵去，休想招工走。
上學無緣分，只准修地球。禁制窮鄉下，勞改在田畝。
三十無嫁娶，幹活同馬牛。文革任誅殺，屍體滿河流。
自從新中國，紅色恐怖久。毛皇階級論，嗜血總根由。
同種同族人，等級分劣優。鐵血專政酷，政治造圂圄。
鬥爭需肉貨，肉貨遍神州。毛皇殯天後，階級禁錮休。
冤魂百千萬，地下無訴求！

專案組

好箇專案組，說來悚毛骨。不著憲警裝，不佩公安符。
無須法院許，更無法律書。便衣一群群，個個賽狼虎。
唯遵領袖令，隨時行抓捕。抓捕不投監，圈地作牢獄。
上圈劉主席，下圈小地富。元帥遭禍殃，大將斷腿骨。
賀龍橡樹溝，乾渴無水服。鄧拓一根繩，立三吊海隅。

陶鑄終合肥，洛甫殂江渚。專案滿天下，人人可刑處。
日夜車輪戰，折磨無寒暑。摧毀人意志，炮烙人肌膚。
人命值幾何，革命遍刀俎。醫療從專案，謀殺稱病故。
奏報元戎亡，領袖深贊許。彭帥名「王川」，少奇改「黃夫」。
骨灰不允留，火化風吹去。紅廷錦衣衛，廠橋奉先祖。
權勢大過天，獨裁生毒物。至今辦專案，凌晨強入戶。
聽罷舊人哭，又聽新人訴。

二〇一二年九月

高官誦

我本楚官人，鳳歌笑古今。行走中南海，出入三座門。
心中唯有黨，目空無屁民。黨校學問大，馬列理論深。
榮譽院士銜，領袖有賞銀。兼職任博導，繡榻批論文。

北大邀講座，清華説風雲。四書不屑讀，五經未與聞。
大學半桶水，中庸笨腦筋。專攻舊文化，出語必雷人：
孔子遊列國，無非搏出身；老子道德經，整個亂彈琴；
莊子慕羽化，夢裡蝶紛紛；屈原流浪漢，宋玉戀女神；
相如任風流，信庾不老成；建安生七子，曹操百萬兵；
陶潛最犯傻，棄官當農民；李白忒狂妄，醉眼對皇親；
杜甫老來痴，湖湘做訪民；樂天琵琶行，何不去歌廳；
韓愈文章好，一令逐出京；捕蛇柳宗元，蛇酒強腎精；
蘇軾貶海南，食蠔最養生；陸游哀唐婉，因無買笑金；
板橋不糊塗，字字換紋銀；紅樓多嬌娃，寶黛住廈門；
名家數一遍，學問嚇死人！黨國大才子，博古能通今。
天朝多貴胄，個個龍鳳孫。夜夜醉茅台，泡妞杏花村。
三陪尋常事，服務最貼身。市長包十奶，清廉好政聲。
書記御百女，黃榜競題名。主席當裸官，護照五六本，
賄款存歐美，妻兒早移民。官職論價售，一職百萬金。

拆房占田地，劏車輾村民。活體摘器官，獸行舉世驚。
官商百千萬，全國搞維穩。上下齊瘋狂，黨國靠俺們！

二〇一二年八月初旬

釣魚島

天橋多把式，聚在外務部。主權屯唇舌，趙括予守護。
三軍三百萬，無一上島去。但見太陽旗，倭人實侵據。
國人積薪炭，政府徒瞋目。毛逆滿街衢，搶砸日商鋪。
日產私家車，紛紛升煙灶。重現義和拳，賠款蒙恥辱。
呼嘯釣魚島，炎黃子孫怒！

二〇一二年九月十八日

土改紀事：少兒歌

堂兄長我兩歲，如今都是古稀之人。日前他來小聚，憶及十一歲時遭遇湘南老家農會關押種種，老淚縱橫，數度哽噎。愚以為，家族命運，個人遭際，常是國家民族記憶之索引也。個人恩怨可以不計，事涉國家民族之記憶索引，豈應集體遺忘乎？謹此，吟詠土改紀事一曲，供世人莞爾。

白駒過隙風鶴唳，歲月載我轉雲泥。憶及聖朝少兒事，至今大夢未釋疑。
自小賜封狗崽子，到老仍怕歸鄉里。農會關我年十一，樅木谷倉作囚室。
四壁森森金湯固，無天無地黑魆魆。民兵刀斧嚴把守，任我娘親長夜哭。
兒上高小身單薄，鄉鄰私議似乃父。乃父族長主祠堂，秉公賞罰有清譽。
土改根子喜翻身，乃父谷倉受刑酷。根子根子系何人？偷牛竊谷盜樹木。
祠堂公議屢懲處，如今翻作血淚訴！分田分地抄家產，農會專政鐵血鑄。
乃父勞改洞庭湖，滔天洪峰葬魚腹。小兒被囚又何事？階級報復竊衣物。
所竊衣物值幾何？路人棄置在路途。拾物演化成竊物，地主小兒遭抓捕。
谷倉囚室無天日，無邊深淵如何渡？屎尿撒地蜷曲睡，沒偷沒搶心無愧。

小不更事犯迷糊，竟做好夢流涎水：月白風清出囚籠，疾走山川閃兵追。
南俠北俠行俠義，輕功提攜突重圍。村村設卡林梢越，路路盤查水上飛。
朵朵白雲伴我行，陣陣春風拂面來。倏忽現身大海邊，青天白日旗幟美。
此旗慈父曾授我，炎黃子孫呼萬歲……醒來仍在黑牢中，淚水洗面始惶恐。
小拳捶壁稚聲聲：為何關我小學生？所拾衣物已上交，說我竊物是何因！
哭罷昏昏再又睡，仍回夢中尋出路。兒要活命要讀書，不要隨父葬魚腹。
慈父陰間若有靈，助兒出逃見光明。隔天娘親送牢飯，糠菜碗底臥雞蛋。
淚眼相望哭無聲，兒知萬箭穿娘心。母子相擁被喝止，持槍民兵催追洶。
隔天校長來要人，老師同學一群群。農會放人談條件，該童竊案入檔案。
乃父屢誣窮人賊，從今其兒負賊名。農會大印血色深，金印火漆烙我身。
娘帶小兒去討口，賣炭放牛渡光陰。慣看世道高低眼，飽嚐人間冷暖情。
人有檔案樹有影，形影不離管一生。人人套上緊箍咒，五指山下佛掌心。
泣別家山懼回頭，少年僥倖出園囿。青年筋骨勞累透，中年心志熬燈油。
天授大命做研究，文論皆是稻粱謀。賜封名家及代表，糞土聖朝一芻狗。

訪問學者脱金鉤，終隨八仙渡海遊。落單米國三十載，東土蒼頭數春秋。

二〇一一年十月二十五日

一九五七：反右進行曲

一九五七年，余正年少，入讀初中，親睹學校反右鬥爭全過程，各科優秀教師幾無例外被打成右派分子，送判刑勞改或遭開除遣送農村，其慘烈情形至今令人心悸。當年初中生看到的只是反右運動天羅地網中的「一目」。今年事漸高，遵史料而「綱舉目張」，作歌紀事，以備忘錄。

一代聖主毛澤東，慈眉善目笑意濃。天生多情無鬚面，一粒黑珠下頷中。
貌似好女郭氏贊[一]，未料潤芝是潛龍。効法秦王掃六合，自古帝業陰陽通。
文韜武略恩威遠，龍行虎步蓋世雄。諸侯膝行見項羽，國人齊唱東方紅。
丁酉年初舉新政[二]，雙百方針坐春風。百花齊放啟盛世，穠姿貴彩展芳容。
百家爭鳴開言路，春秋風習古今同。大鳴大放大字報，三不主義立誓盟[三]。

言者無罪聞者戒，子路大禹老先鋒[四]。層層動員苦敦促，幫助黨委整三風[五]。
天安門樓御茶座，民主黨派蒙恩寵。金口玉牙請鳴放，為國為民同盡忠[六]。
聖恩傳遍全中國，四海欣欣春潮涌。知識分子迎風舞，學者專家敞心胸。
諍言諫語紛呈獻，多年積怨一掃空：有說幹部老爺化，壓迫百姓耍威風；
有說專權黨天下，外行領導惟工農；有說運動年復年，社會主義折騰窮……
書生議政語犀利，海納百川氣量宏。從諫如流李世民，而今遠遜毛澤東。
堯天舜日新中國，政通人和萬世宗！忽於一夜罡風起，道道密詔出深宮[七]。
右派進攻何猖獗，全黨反擊萬炮轟。鳴放本是朕陽謀，引蛇出洞網羅中。
共產黨人縱擒術，資產階級聞喪鐘。從來擒賊先擒王，章羅聯盟是元凶[八]。
大小右派群丑舞，一朝覆滅何匆匆。一網打盡三百萬，牛鬼蛇神皆入瓮[九]。
極右判刑送勞改，普右開除去務農。歸類地富反壞右，階級專政新品種。
其餘改造加利用，夾緊尾巴頻鞠躬。民主黨派大清洗，泣向皇天萬事終。
本黨領導八黨派，允留八隻應聲蟲[十]。秦皇坑儒四百員，天下相慶二世崩。
本黨一掃數百萬，敢笑嬴政缺神功。朕比嬴政強百倍[十一]，槍杆筆杆鐵血紅。

來年另啟大躍進，共產狂飆毛澤東！

二〇一一年十二月至一月

註：

一、郭沫若在其著作《洪波曲》中，稱一九二三年在廣州第一次見到青年毛潤芝時，「貌狀美婦好女」。

二、一九五七年為農曆丁酉年。

三、三不主義：毛澤東在一九五七年年初的整黨報告中，對提意見的人保證：不揪辮子，不打棍子，不戴帽子。

四、《論語》子曰：子路人告之有過，則喜。禹聞善言則拜。

五、三風：毛澤東一九五七年年初指示整黨，主要整黨內三風：教條主義，官僚主義，宗派主義。

六、一九五七年四月三十日午後，毛澤東召集民主黨派負責人及無黨派著名人士，在天安門城樓上舉行茶會，親自促請大鳴大放，幫助共產黨整風。

七、一九五七年五月三日深夜，毛澤東寫了「事情正在起變化」一信，密送政治局成員傳閱。緊接著，又寫了「這是為什麼？」「組織力量反擊右派分子的猖狂進攻」等黨內指示。直到六月份，全國知識分子仍被蒙在鼓裡，仍在各級黨委召開的鳴放會上提意見，幫助共產黨整風。後毛澤東稱，搞鳴放引蛇出洞，是陽謀，不是陰謀。

八、章羅聯盟為毛澤東欽定的「章伯鈞、羅隆基右派反黨聯盟」，把民主黨派著名人物幾乎一網打盡。後來的史料證明此所謂的「聯盟」子虛烏有。

九、當年中共在毛澤東、鄧小平領導下，共打了三百多萬右派分子，其中戴帽右派五十五萬，開除公職，送勞動改造；其餘的為「中右」，只開除黨藉、團藉，降級降薪，保留公職，由本單位控制使用，又叫「內控右派」。

十、指中共體制內，接受共產黨領導的「八個民主黨派」：中國國民黨革命委員會（簡稱「民革」）、中國民主同盟（簡稱「民盟」），中國民主建國會（簡稱「民建」），中國民主促進會（簡稱「民進」），中國農工民主黨（簡稱「農工」），中國致公黨，九三學社，臺灣民主自治同盟（簡稱「臺盟」）。

十一、一九五八年五月，在中共八屆二次代表大會上，毛澤東公然宣稱：秦始皇焚書坑儒算什麼？他只坑了四百個儒生，我們鎮壓反革命，一次就批准殺了四十萬。所以我們比秦始皇高明十倍，一百倍！

一九五八：巡幸曲

史載一九五八年七、八月間，毛澤東乘專列火車巡視齊魯大地，號令大躍進、人民公社化，提前進入共產主義……從而引發一場亘古未有的大瘋狂、大災難。半個世紀過去，執政者仍無悔悟。余非黨徒，今作歌以記其事。

綠色游龍出帝都，流動行宮下齊魯。五省車騎禁馳行，千里官民接鑾輿。
鑾輿來到人列隊，吾皇萬歲今又呼。時逢七月麥收季，金色原野饒豐裕。
領袖談笑伴歌舞，二八毓鳳陪出浴。玉臂把玩肥碩身，朵朵芙蕖帶恩露。
含嬌含態疑掩口，半推半就溫香玉。龍精虎猛抖神威，泰山壓頂頒聖諭。
躍進東風暢華夏，共產天堂降中土。一天等於二十年，超英趕美祭雄圖。
畝產十萬尋常事，更有百萬衛星薯。甘蔗長成大森林，豐收棉花白雲覆。
糧食多到領袖愁，盆滿缽滿無倉庫[一]。公社食堂流水席，高產衛星遍天宇。
放罷農星放鐵星，推毀民居起高爐。城鄉處處滾烽煙，伐盡山中高低樹。
舉國一體煉鋼鐵，鐵鍋鐵器全投入。熔成疙瘩爭報喜，萬千喜報飛中樞。
江山社稷屬媚骨，阿諛逢迎誰諫阻。巨龍吸水欺乾坤，謊言織就垂天幕。
大謊榮升中南海，中謊方能保仕途。小謊挨批寫檢查，不謊定要嚴懲處！
領袖巡幸北載河，江山美人有兼顧。白晝會議繪美景，晚上歡娛神仙妒。
幾多護士婀娜姿，大被同眠在玉虛。幾多臥叢含醉妝，低吟淺笑春常駐。
海棠玫瑰競鮮妍，芙蓉芍藥鬥裸浴。取消家庭成一統[二]，集體出工吃和住。
全國實行軍事化，夫共妻來妻共夫！小農經濟連根拔，共產主義均貧富。

會議公報颩五風[三]，黃鐘毀棄塞言路。瓦釜雷鳴反右傾，演成天下流民圖。
食堂無糧清水沸，社員盡食觀音土。草根樹皮充饑腸，不見官家捨救助。
遍地饑民蠕蠕行，盈野屍腐慘不睹。生者幸賴瓜菜代，死者皆呈水腫軀。
毛酋仍令再躍進，三面紅旗再高舉。人口太多死一半，也要替朕搞核武[四]。
餓殍四千五百萬，亘古未有此紀錄。夏桀商紂失顏色，周幽嬴政愧不如。
且聽暴政説何由？依然風流數人物！罪在蘇修逼還債，罪在老天少下雨，
罪在下級搞浮誇，罪在五風堵不住……自然災害代代有，十指長短有失誤[五]。
鐵幕巧飾遮羞符，領袖仍是救世主。中國出了毛澤東，革命中心在中土！
彌天謊言日復日，中土失卻雲水怒。七六九九殯天日，天下生民咒獨夫。

二〇一一年十一月上旬

註：

一、一九五八年七月毛澤東在巡視河北徐水、衡水地區時，喜聽當地黨政官員畝產萬斤、十萬斤之類虛假匯報，竟發愁糧食太多，人吃不完、倉庫裝不下、造酒、養豬都用不完，問隨行人員怎麼辦？指示公社食堂可以開流水席，一天二十四小時吃飯不要錢。

二、一九五八年八月十七日至三十日，毛澤東在避暑勝地北戴河行宮主持中央政治局擴大會議，稱作開會、游泳、娛樂、療養四不誤。其間他對與會的中央大員們及各省、市、自治區黨委第一書記大談取消家庭，過集體生活，從根子上消滅小農經濟，實現共產主義的理想。因涉及公妻制問題，終未被中共黨政高官們所接受。

三、該次中央政治局擴大會議結束時，發表會議公報，號令全黨全軍全國人民高舉總路線、大躍進、人民公社三面紅旗，全國農村實現人民公社化，大辦糧食、大辦鋼鐵，跑步進入共產主義。從而中央政策大颳五風，禍亂公行：即共產風，浮誇風，強迫命令風，生產瞎指揮風，幹部特殊化風。

四、一九五八年九月，蘇共總書記赫魯雪夫訪華，毛澤東對他說，中國人多，不怕原子彈，不怕打第三次世界大戰，中國人口可以死掉一半，仍是世界第一。並說中國當掉褲子也要研發核武。

五、毛澤東從來強調，他領導下的中國共產黨，搞社會主義革命和社會主義建設，成績和缺點，是十個指頭中，九個指頭與一個指頭之比。把大躍進後，他人為造成的一九五九年至一九六二年中國全境大饑荒，餓死人口數千萬，歸咎於自然災害和蘇修逼債。

讀張聞天廬山會議諍言有感

面折廷爭識忠良，頂風逆浪發諍言。佞臣鼓譟類犬吠，滿腹經綸對牛彈。

直面說破社稷事，領袖失色情何堪。一哄而起大躍進，人海戰術魂不散。
經濟規律成糞土，神話竟能充饑腸。人定勝天山海嘯，精神萬能舉國狂。
超英趕美頒聖諭，一夕功成鑄荒唐。全民煉鋼土高爐，干將莫邪也枉然。
衛星滿天同兒戲，更有百萬高產田。糧食多到主席愁，層層謊報層層騙。
全國喜報雪片來，手舞足蹈滿西苑。共產主義過黃河，連夜飛馳至海南。
天堂本是南柯夢，天堂來到人傻眼。報喜鑼鼓方歇息，公共食堂斷炊煙。
神州饑饉暗潮涌，猶唱日月換新天。終是書生爭國是，一席諍言怒龍顏。
指為軍事俱樂部，文武合璧謀篡權。可敬開國彭元帥，為民請願首蒙冤。
可佩大將黃克誠，不曾出聲受株連。可嘆書記周小舟，憂國恤民遭劫難。
面折廷爭皆囚犯，彭黃張周成集團。顛倒黑白今時尚，指鹿為馬新篇章。
有怪洛甫總書記，當年為何作禪讓。設若大王不加冕，何來廬山誣反黨？
他是黨來黨是他，自古王者多強梁。

二〇一三年六月二十七日

自白

暗夜自焚書，乃五十年前文革初期，余在郴州橋口農場之親歷親為，至今愧疚，不敢忘懷。事起一九六六年二月第三屆全國人大一次座談會上，時任人大副委員長、中國科學院院長、中國文聯主席的郭沫若，公開檢討自己所有著作都不符合毛澤東思想，應當燒掉，一切宣揚封資修的書籍，也都應當銷毀……《人民日報》刊登郭氏講話全文，宣傳喉舌群起響應，從而引發出長達數月的全國搜書、焚書狂潮。

曾於暗夜焚詩書，一九六六夏月初。文革風暴摧華夏，紅色恐怖動帝都。
郭老會堂表忠順，聲言著作付一炷。赤天赤地擁赤幟，廢黜百家尊毛著。
國師告饒求自保，鴻儒伏首作犬儒。當年反蔣稱義士，而今崇毛呈媚骨。
籍籍小民如我輩，下放農場當農夫。月俸低至二十元，不嗜煙酒嗜閱讀。
白日田頭同畜力，夜來書中顏如玉。農場地僻少經典，節衣縮食自購入。
紅樓三國水滸傳，唐詩宋詞元明曲。數年攢下百十冊，視若珍寶濡耳目。
農友笑我自多情，終有某日為書誤。果然社稷燃秦火，舉國焚書升煙炷。
農場風聲日趨緊，民兵挨家搜圖書。輕則批判寫檢查，重者鬥爭關黑屋。

幸我單身住土棚，看守果園遠鄰居。適逢端午祭屈原，暗夜煮粽消罪據。
粽子難熟熬通宵，楚辭當柴熾瓦釜！煮粽竟至燃楚辭，戰戰兢兢絕千古。
燃罷唐宋元明曲，西遊西廂烈焰逐。李杜長嚎蘇辛號，更有貫中湯顯祖。
丟魂失魄頻探頭，生恐民兵破門入。雙手彷彿滿鮮血，焚書坑儒在農戶。
隔日民兵果搜查，一堆灰燼風吹去。天誅地滅大浩劫，皇天后土誰哭訴。
紅朝小民莫奈何，歷代先賢乞饒恕！

二〇一五年一月二十三日

文革紀事：一九六六年北京兵變

北國仲春驚霹靂，邢台三月天地裂。廢墟哀鴻數百里，熱切軍隊立勛業。
毛林聯袂祕調兵，不赴災區赴北京。鐵甲夜渡山海關，京畿夕照野戰營。
軍管電臺何神速，占領要衝迅雷霆[一]。皇城根下傳口令，長安大道列虎賁。
中南海內靜悄悄，勤政殿裡聽雷暴。賀龍符籙失六韜[二]。劉鄧方略流七竅。

煌煌威權九千歲，巍巍冰山一夕消。動用大軍決紛爭，黨章憲法落溝槽。
市委抛出三家村，彭真丟車難自保[三]。朱德龍鐘廉頗老，將帥龜縮觀大潮。
恩來河北望逐鹿，大奸似忠通款曲[四]。袞袞諸公腹腆腆，蠕蠕苟且盡蚍蜉。
領袖遙控在上海，詔書箭令玩變局。擴大會議同猴戲，虛位劉鄧坐中樞[五]。
彭羅陸楊遭逮捕，陳康張姚爪牙舞。馬列宏論巧掩飾，路線鬥爭重殺戮。
林彪豺聲政變經，滿朝文武懼株族。國家主席無人色，中央文革屬主母[六]。
運籌帷幄比諸葛，錦囊妙算勝孫武。五一六日下通知，文攻武嚇浸血污。
重點整肅走資派，榮華富貴成糞土。國士碩學陷凌辱，劉系幹將進大獄。
名曰文化大革命，毀滅文化是要務。領袖南巡不回鑾，腹多鱗甲帶笑顏。
上下點火鬧天宮，頒令停課大串連。千萬孫猴中魔咒，皇天后土燒殺搶。
國計民生任塗炭，黎庶膏血付強梁[七]。社稷頂禮毛萬歲，國奴膜拜紅太陽。
南方好個滴水洞，韶山幽窟祭腥風。調兵遣將除政敵，驅雷馳電馭雲龍。
駐蹕武昌王氣盛，橫渡長江霸主雄[八]。寧教我負天下人，不教天下歸劉伶。
待到八月十八日，鑾駕重登天安門。接見全國紅衛兵，萬道金光射彤雲。
林彪高嗥四偉大，領袖揮手發千軍：天下兵馬討劉鄧，山呼海嘯又地震[九]！

二〇一一年十二月二十日

註：

一、一九六六年三月八日，河北省邢台地區發生大地震，倒塌房屋數十萬間，死傷慘重。此時毛澤東、林彪卻罔顧賑災，瞞著主持黨中央工作的劉少奇、鄧小平等人，密令原駐山海關外錦州、興城一帶的第三十八集團軍，突然進關，對首都北京形成包圍之勢，並占領電臺、電視臺、電話電報大樓、新華社、人民日報社等要害單位。而原拱衛首都的北京軍區部隊則已奉命到內蒙古草原大演習去了。劉、鄧束手陷圍城。

二、當時主持中央軍委日常工作的賀龍元帥等人並無調兵權力，對三十八軍進京一事竟毫不知情。

三、中央政法委書記兼北京市委第一書記彭真為圖自保，於一九六六年四月初拋出了北京市「鄧拓、吳晗、廖沫沙三家村反黨集團」。

四、三十八軍進京之時，周恩來總理以賑災為名，赴河北省視察工作，觀望形勢，並與毛、林暗通款曲。

五、一九六六年四月下旬，坐鎮上海的毛澤東仍命劉、鄧主持中央政治局擴大會議，揪出「彭真、羅瑞卿、陸定一、楊尚昆反革命修正主義集團」（羅瑞卿原為解放軍總參謀長、陸定一原為中共中央宣傳部長、楊尚昆為原中共中央辦公廳主任），起草並通過《中共中央關於開展無產階級文化大革命運動的通知》（俗稱五一六通知），成立「中共中央文化大革命領導小組」，取代原來的中共中央書記處：康生任顧問，陳伯達任組長，江青任第一副組長，張春橋任副組長，姚文元、王力、關鋒、戚本禹等任成員。實際上完全由毛夫人江青大權獨攬，她女兒李訥任中央文革辦公室主任。

六、一九六六年五月十七日，毛的親密戰友林彪元帥在中央政治局擴大會議上發表殺氣騰騰的反政變講話，實為「完成政變反政變」。

七、毛澤東為摧垮劉、鄧控制的全國黨務系統，頒令全國大中學校學生停課大串連，並在所有大中城市成立學生接待站，規定數千萬大、中學校學生外出串連坐車乘船、吃飯住宿不付款，即席捲全國的紅衛兵運動。為一己權慾之私，無視國計民生，勞民傷財，古今僅有。

八、一九六六年六月，毛澤東南巡途經湖南老家，入住韶山滴水洞行宮，繼續裝神弄鬼，呼風喚雨，遙控北京局勢。七月上旬，轉去武昌東湖行宮，其間在長江游泳三十餘里，發出「長江很大，大，並不可怕，美帝國主義不是也很大嗎，我們頂了他一下，也沒有啥」、「彭真是個小人物，我一根指頭就可以捅倒他！他後面有玉皇大帝」之類豪言，譏諷國家主席劉少奇。

九、毛澤東於一九六六年七月十八日返回北京，隨即召開八屆十一中全會，貼出「我的一張大字報：炮打司令部」，與劉、鄧攤牌，並改組中央政治局，宣布林彪為副統帥、親密戰友、接班人，通過《中共中央關於開展無產階級文化大革命的決定》（簡稱十六條）。八月十八日，毛澤東第一次接見來自全國各地的紅衛兵小將，隨後共接見了八次，總計達一千八百萬人次。群眾運動，運動群眾，此為古今之最。

重逢李青憶道縣文革大血災

初識李青在潭州，儒雅謙和品藻優。引經據典喜高談，滿腹詩書良師友。
編輯新苗十數載，甘作文壇孺子牛。提攜新人薦新作，玉樹臨風神俊秀。
四清下放至永州，以為子厚遺風流。道縣自古文氣盛，愛蓮一說傳承久。
九嶷山中舜陵在，娥皇女英倩魂幽。李青勞作任甘苦，瀟水多情綠柔柔。
未幾文革罡風起，雷霆萬鈞天地愁。當街焚毀柳子廟，大殿批鬥孔老丘。
縣長書記走資派，地方武裝槍出頭。拳腳群毆黑五類，鐵帚橫掃封資修。
貧下中農樹法院，階級專政虎狼仇。社社隊隊清地富，挨戶排查抓活口。
一切權利歸農會，最高指示動地吼。婦孺翁幼無赦免，鋤挖石砸遍田疇。
地窖天坑作墳場，溪谷拋撒肥野狗。更令地富自掘坑，集體活埋入地球！
思想主義呼萬歲，絕代偉業「新春秋」。堯天舜日已久遠，桀凶紂頑亦覺羞。
當今瀟水翻血浪，千里浮屍下潭州。偉大領袖聽奏報，道州尚武民好鬥，
周氏愛蓮又如何，何如貧農刀在手。卻也驚動副統帥，禁殺軍令懸村頭。
湘南屠業方告止，革命暴徒誰追究。李青李青你在哪，秀才何能脫刀口。

又見李青文革後，雞皮鶴首身佝僂。言及浩劫聲顫慄，九死一生天護佑。
搧動仇恨族同宗，亘古暴政不曾有。向稱富貴無三代，誰家祖宗不貧憂。
階級專政滅人性，哺乳母嬰皆斬首。群眾盲動無政府？組織殺戮有預謀。
輕描淡寫糊塗賬，不入史冊掩國醜。每於睡夢失頭顱，醒來撫頸汗涕流。
常在半夜乞全屍，睜眼猶疑老命休。魂牽夢繞莫相問，殘年願作太平狗。

二〇一四年六月下旬

附註：李青（一九三〇——一九八五），原《湖南文學》雜誌編輯，於一九五〇、六〇年代栽培過眾多青年作者。一九六五年四清運動時下放零陵地區（現永州市）勞動鍛鍊。一九六七年夏秋文革高潮期間，親身經歷了以道縣為中心的整個湘南地區所謂「貧下中農最高法庭」大規模打殺、活埋地主富農分子及其子女狂潮。李青本人也險些遇害。一九八〇年代初，我作為他的學生輩與他共事湖南文聯，每談及此事，必聲淚俱下，痛欲不生。事發時，道縣有一位被紅衛兵造反派看管的副縣長冒死逃到長沙向省革委主任華國鋒等匯報，華等不能制止，立即上報黨中央、國務院、中央軍委、中央文革。毛澤東、周恩來、江青等人無動於衷，唯副統帥林彪下令制止殺人，並命湖南駐軍第四十七軍派出工作隊，分赴道縣各地及鄰近縣份宣布禁殺令。一場殃及整個湘南、湘中地區的階級大仇殺方被告止。後經湖南作家譚合成歷時數年赴道縣實地調查，寫成《血的神話——公元一九六七年湖南道縣文革大屠殺紀實》一書（香港天行健出版社二〇一〇年十二月初版，大陸禁書），記錄的數目是：湖南零陵地區道縣，一九六七年八月十三日至十月十七日，經歷六十六天屠殺，共殺死地主富農分子及其子女四五一九人；寧遠縣殺一〇九二人；江華瑤族自治縣殺八九八人；江永縣殺三二五人；雙牌縣殺三四五人；新田縣殺七八六人；零陵縣殺三二〇餘人；藍山縣殺一四五人；祁陽縣殺二一八人；東安縣殺四百餘人。整個零陵地區共殺害九〇九三人。其中四類分子（含右派）三五七六人，四類分子子女四〇五七人，其他成分一四六〇人。所有人被殺害時均無反抗，年紀最大的七十八歲，最小的才十天。數萬傷殘者不計。這期間，鄰近的郴州地區、邵陽地區數十個縣，亦有數目不詳的地富分子及其子女慘遭殺害、活埋。其主使者為各縣、社武裝部及所屬黨團民兵組織。

文革結束後，省、地兩級對道縣及周邊地區的一九六七年殺人案陸續進行清理。一九八四年，零陵地委成立「文化大革命殺人遺留問題工作組」，對一千多名大隊、生產隊的殺人策畫者和凶手作出開除黨籍、撤銷黨內外一切職務處分，對幾十名公社及公社以上組織指揮殺人的黨政國家幹部分別判處十年以內有期徒刑，無一例死刑。作家譚合成曾採訪一名親手殺害過十幾人、被判七年有期徒刑的大隊支書，該人毫無悔意：「毛主席號召鎮壓地富，我哪裡錯了？今後毛主席要我殺，老子還殺！」

湖區大寨田

洞庭圍堰蹟斑斑，當年曾造大寨田。阡陌縱橫通水府，稻浪無際接雲天。
如無毛選耀日月，何來湖區展歡顏。戰天鬥地震河漢，豐功偉業傲人寰。
與湖爭田三萬頃，盤古神話續新篇。移入農人百千戶，座座圍垸新家園。
瓜果肥碩父老喜，雞鴨成群小兒顛。家家高掛領袖像，戶戶敬奉毛神龕。
沃野平疇新糧庫，百里金秋大豐年。未想秋汛雷神怒，風雨狂闊浪滔天。
土堰圍垸同兒戲，摧屋拔堤瞬息間！官兵涉水救無及，豬牛浮屍人長眠。
腐肉餵得魚蝦肥，潮退誰敢食湖鮮。省府高官巡視日，座駕掀翻泥淖畔。
員警護主忙走避，災民何辜哭皇天。省市抗洪慶功會，首長報告氣昂然。
為有犧牲多壯志，大寨精神再宏傳。今冬重造三萬頃，人定勝天看來年！
五十年前舊功業，至今漁農心膽寒。

二〇一五年一月下旬

一九七五年上海拾遺二首

別墅

徐匯區多別墅村，座座洋房入林蔭。法式英式風格異，北歐南歐情調真。
女貞籬笆冬青牆，藤蘿門洞彩繽紛。尖頂絳瓦映晴日，闊窗琉璃閃晶瑩。
泳池水碧浪細細，草地絨毯綠茵茵。書齋廳室皆溫馨，琴房迴廊傳清音。
仙弦妙曲李司特，神鍵交響貝多芬。殖民他鄉租界地，異域桃源浦江濱。
金髮碧眼今何去，昔日主人已消遁。革命橫掃舊世界，今時入住倚功勳。
機關均為華東局，將帥多是新四軍。戰場吉普泊院內，森嚴門禁鐵欄新。
花園別墅成官邸，護衛隨侍千金身。首長踱步沿街靜，梧桐濃密遠行人。
文革霹靂動大地，一月奪權血浸淫。「革命方知北京近，造反倍覺主席親！」
書記示眾走資派，市長遊街牛鬼神。文元景賢登高位，洪文春橋毛寵臣。（註）
香巢處處權錢色，豔舞翩翩杏花邨。自古王侯輪番做，豪宅頻換新貴人。
七六改元天又變，新黨落敗舊黨新。嗚呼一朝巢傾覆，末世烏雀各投林。
你方唱罷我登場，歷史見證別墅村！

外灘

黃浦江畔夜妖妍，雙雙對對偎堤岸。一眼望去皆臀背，滬上風流看外灘。
阿拉相親無處去，戀人群集情何堪。面朝濁流滔滔訴，攬腰撫背低呢喃。
綿綿情話私密事，緣何列陣礙觀瞻。皆因三代居一室，里弄遍是覬覦眼。
縱有公園亦驚悸，民兵巡查無遮掩。倒是外灘光天日，吳儂軟語車馬喧。
相距彼此一二尺，一字長蛇早鴦鴛！各自交頸誰顧忌，文革盛世壯景觀。
一朝浦東群廈起，流光溢彩照碧天。恍若隔世明珠塔，方知今夕是何年。

二〇一五年七月下旬

註：王洪文、張春橋、姚文元、徐景賢等人皆為文革初年上海造反派頭目，受毛澤東、江青夫婦器重，王曾任中共中央副主席兼中央軍委副主席，張曾任中央政治局常委兼國務院副總理，姚曾任中央政治局委員主管意識形態，徐曾任中共上海市委副書記兼上海革命委員會副主任。毛澤東去世後，四人皆隨毛夫人江青被關進秦城監獄。

北京印象：一九七七

呂濤引領進京城，時在一九七七春。十年浩劫甫告罄，天塌地陷餘悸存。
街市縱橫防震棚，都會隱然大鄉村。年前兵變擁華氏，一晚捕盡眾皇親。
坊間譏誚萬歲爺，市井詈罵毛夫人。王張江姚小兒輩，四人幫主在城門。
廣場毛堂尚在建，禁衛森嚴護冥殿。四五清場跡未乾，長安大道空泛泛。
往來多是腳踏車，燈河車潮不曾見。更無一座立交橋，禁城遍是大雜院。
階級鬥爭仍是綱，兩個凡是新亮劍。新華門內三海深，皇家威儀不如前。
北海公園修葺中，一毛門票遊故宮。衣著流行青灰色，斜揹挎包似兵勇。
餐館水餃論斤賣，副食仍需憑證供。十字街頭警哥立，崗亭喇叭喊交通。
公共汽車人頭湧，一毛五分貫西東。低收入配低消費，買啤多用塑料桶。
祖孫三代共一室，結婚生子走廊裡。居家多設上下鋪，公共廚房兼漱洗。
晨起公厠排長隊，戶戶尿盆熏口鼻。入夜拉閘半城黑，白日停水無涓滴。
談情說愛公園去，林木深處打游擊。計畫經濟病蔫蔫，舉國貧困剩志氣。
窮則思變先皇語，小平復出輔弱主。耀邦執掌中組部，老臣謀國動虎符。

調兵遣將清君側，運籌帷幄米糧庫。萬里安徽允包產，紫陽四川田到戶。
項南福建行新政，仲勳廣東倡特區。試看神州群英起，中國蓄勢大變局！

二〇一四年四月中旬

昔年過天安門廣場毛紀念堂十二首

一、

九月九日天氣清，卻苦社稷霧瘴深。忽報紅日墜孽海，頓覺人間事事新。

二、

生前霸業蓋世雄，身後廣場踞地宮。幾番信誓歸洋祖，失言天下自始終[一]。

三、

七噸黃金鑄毛陵，四維廊柱白玉身。龍盤中軸新太廟，生死江山奉一人[二]。

四、

水晶棺貯王者軀，斧鐮紅旗裹子虛。大被同眠今何去，獨留陵寢費鮑魚。

五、

神州舉哀吊孝節，滿天冥錢勝飛雪。不見秦晉根據地，革命子孫盡行乞。

六、

長沙靈堂跪孺叟，呼天搶地哭黨酋。世界革命您操勞，掏盡國庫援非洲！

七、

延安婀娜數江青，燕京權勢日月燻。呂雉武曌終是夢，屍骨未寒鎖藍蘋。

八、

皇家侄兒屬至親，分明遺詔傳禁廷。重陽宮變黃粱熟，始知瀛臺連秦城。

九、

洪文徒負英武姿，曾掌工農虎狼師。懷仁堂上強弩末，斷送毛家皇子祠。

十、

張姚黨論一時稀，輔佐帝業釋嫌疑。帶刀侍衛頻側目，龍馭殯天墮糞泥。

十一、

老帥韜晦出深宮，新主靈犀一點通。禁軍夜襲政治局，盡收毛黨入甕中[三]。

十二、

四人幫主是何人，城樓巨像對蒼生。文革豺聲猶在耳，天下餓殍呼姓名。

二〇一一年十二月二十六日

註：

一、毛澤東曾於一九五三、一九五六年帶領當時的中共中央政治局委員們作出集體決議，去世後去見馬克思，遺體火化。

二、傳一九七七年中共在天安門廣場中軸線南端建造方盒型毛紀念堂（仿美國華盛頓林肯紀念堂），以圖永久保存毛遺體時，由華國鋒書寫的「毛主席紀念堂」六字堂額，分別鑲嵌於該堂北大門及南大門上方，加上堂內裝飾，耗去黃金七噸。

三、一九七六年九月九日毛澤東駕崩，僅二十七天後的十月六日晚，葉劍英、華國鋒、汪東興三人即聯手發動宮變，秘調中央警衛團，以召開政治局會議名義，將毛澤東的夫人江青（中央政治局委員、中央文革組長），侄兒毛遠新（政治局聯絡員、瀋陽軍區政委），以及王洪文（黨中央副主席、中央軍委副主席）、張春橋（中央政治局常委、全軍政治部主任）、姚文元（中央政治局委員）等一網打盡，稱為「粉碎四人幫」。傳王洪文曾搏命反抗。

北京遺事二首

祭耀邦・一九八九

己巳清明倒春寒，雲重霧重四月天。當壽不壽天無道，當殯不殯地淒涼。
八老監國十常侍，四海鼎沸萬民冤。活火山，噴海淀，十萬精勇出校園。
校幟縱橫中關村，標語絡繹西三環。人潮漫卷公主墳，洪流浩蕩過西單。
長安大道銀鱗涌，南市北市雪浪翻。輓聯輓幛蔽天日，悼辭悼詩匯汪洋。
廣場靈堂何雄哉！無盡素雪是花圈。舉國玉龍傾盆雨，十億生民哭耀邦。
專制不死三千歲，憲政產難更何年。德翁揮劍決浮雲，賽師花雨遍人寰。

民主安定神州日，河清海晏報先賢。

廣場・春潮

八九春風説風流，京華桃李耀高丘。錦繡文章孟浪事，三千儒生布纏頭。
天安門前長江嘯，紫禁城下黃河吼。旌旗沸天動四海，龍威委地撼九州。
自由女神擎火炬，會堂跪書苦哀求。魏晉高談徒喧赫，耀邦飲恨紫陽囚。
空有壯士當群雄，千頂帳蓬盡諸侯。青春碧血無進退，風雲際會失曹劉。
秦王病狂頒虎符，京畿戒嚴涌貔貅。萬眾徒手擋軍陣，五月驚魂六月讎。
裝甲鐵騎輾春汛，野戰狼煙鎖國愁。風流雲散歸專制，大國崛起是共酋。
腥風血雨今何在，青史丹書寫春秋。

二〇〇九年五—六月，天安門事件二十周年

「七・二一」北京大水[一]

七月雷霆怒帝京，盛夏狂雨淹皇城。長安大道車如船，千舸萬艇浮游行。

東西南北皆水泊，瓊樓廣廈波淼溟。驚傳西苑陷澤國，又説廣場通密雲[二]。
八一大樓奮抗洪，人大會堂泛鱗紋。空軍大院水上飛，海軍大院練水軍。
奧運鳥巢養水鳥，二炮基地水入侵。二環三環奔流急，五環六環連官廳[三]。
廣渠門橋浪濤湧，浪湧寶馬不開門。車中呼救無人救，座座橋洞活人墳[四]。
盤古開天無此劫，今日燕京變淹城。城市德政何所指，清淤排澇見良心[五]。
地面海市誇政績，地下壅塞無問津。人説此症入膏肓，縱横貪腐滿朝臣。
君不見巴黎地道五千里，君不見紐約地道上萬程！羅馬暗河逾千載，四通八道以至今。
倫敦東京香港仔，何來都會負淹名？北京災民百千萬，帝都原來無良心！

二〇一二年七月三十一日

註：

一、新聞報導二〇一二年七月二十一日，北京地區連降大雨十六小時，全城一片汪洋，傳中共中央所在地西苑（中南海）、人民大會堂、國防部八一大樓、西郊諸軍事大院、二炮基地等皆遭水淹。進出北京的十二條國道淹水中斷，北京國際機場淹水關閉……一時陷入癱瘓狀態。

二、即北京東北遠郊的密雲水庫。

三、即北京西北遠郊的官廳水庫。

四、報載七月二十一日傍晚，北京市民丁志健駕寶馬車下班回家，於廣渠門橋下被水淹沒，在車內發短信呼救長達三小時，無人施救，慘死車中。該日類似死亡不知凡數。北京市現有環城高速路五條，立交橋九十座，稱世界城市之最。六環路及十幾座立交橋仍在建設中。所有這些立交橋底層皆為下陷式，一遇大雨即成深潭。

五、法國作家雨果一百多年前即說，地下排水系統工程是城市的良心。巴黎地下排水管道高、寬達數米，長達二千三百公里，主幹道距地面深達五十至七十米，縱橫交錯，形同地下長城。倫敦、羅馬、柏林、莫斯科、紐約、東京、首爾、臺北、香港等地莫不如此，從無大雨被淹傳聞。惟新中國所有城市「地上千朵花、地下豆腐渣」，「沒有良心」，小雨小淹，大雨大淹，不能倖免。傳現今中國只有兩座不被大雨水淹的城市，一是山東青島，地下排水工程為上世紀二十年代德國殖民主義者所建，至今美輪美奐；二是江西贛州市，地下排水工程為宋代太守所建，沿用至今已有七百多年。

霧霾

燕歌趙舞何時休，奢雲豔雨春復秋。百萬鐵甲繞紫禁，萬千蜃樓迷星斗。
茫茫濁海連塞外，灝灝塵瀑陷幽州。白晝難見太陽臉，夜來罕有月如鉤。
迎面三尺人迷離，城樓寶像落御溝。人皆口罩配風鏡，恰似俠客滿街遊。

歸來家家封門戶，萬全之策是窩守。惜乎大氣缺特供，唯有呼吸均享受。
鼻腫嗓痛胸腔堵，瓶裝氧氣吸幾口。氧氣來自崑崙山，行銷帝都時不久。
專權污濁孿生兒，晴空白雲不復有。恨無盤古乾坤斧，重啟藍天清碧流！

二〇一三年八月一日

秦城謠[一]

五雲山麓叢叢樹，皇家禁地金湯固。鐵壁銅牆龍蛇舞，蒺藜電網鳥不入。
秦城天牢誰人築，天牢築成誰人住。滿朝文武忙造神，造神竟遭神禁錮。
革命儒生織文網，織網孰知身被縛。華東書記最「先進」，殞命秦城肥草木[二]。
滿洲皇帝蒙特赦，國軍戰犯感恩露[三]。秦城歸屬內務府，天牢盡收大人物。
班禪喇嘛二進宮，愛國活佛冤藏獨[四]。西北大漢習仲勳，小說反黨蒙冤屈[五]。
彭羅陸楊權傾國，一朝失勢同犬兔[六]。胡風師哲獲「晉級」，周揚李銳作後續[七]。
王關戚輩紅翻天，鐐銬加身呼有誤[八]。田漢吳晗傅連璋，泣血飲恨黃泉路[九]。

少奇夫人鐵窗裡，御批留作活證據[十]。三姓管家薄大人，籠中猶念理稅賦[十一]。
妙筆生花陳夫子，投效副帥令逮捕[十二]。功高震主彭元帥，為民請命陷囹圄[十三]。
黃吳李邱上將軍，帽徽領章被摘除[十四]。王張江姚「四人幫」，寵臣寵妃戴刑具[十五]。
新仇舊仇都是仇，忠臣佞臣來團聚。紅朝大劇嘆觀止，史家絕唱一幕幕。
爭奈獨缺毛主席，天牢未及接鑾輿。秦城森森深似海，入多出少是常數。
秦城恰似陰陽界，天堂直落到地府！昨日廟堂享勳爵，今時深井邁禹步。
昨日瑤池浴溫香，今時鐵屋臥血污。六四屠城大搜捕，學運領袖著囚服。
九七新添陳希同，零六再押陳良宇[十六]。不是人物進不來，鎖進秦城高待遇。
代代官人來掛單，盒盒白灰捧回去。薄三新近將入伍，還有候補康師傅[十七]。
秦城是個聚寶盆，箇中不定有佛骨。秦城是座博物館，各路鬼魂齊歌哭。
秦城風光羞言說，天牢坐穿無人悟：神州或有大秦城，人人築城人人住！

二〇一二年四月

註：

一、秦城監獄位於北京昌平縣五雲山東麓，前蘇聯援建項目，建成於一九六〇年，為中央直屬高級監獄。

坊間戲稱天牢。時任中共中央政治局委員、北京市委書記兼市長的彭真，與時任中央政治局委員、公安部長、解放軍總參謀長的羅瑞卿，共同主持了該項目的建設。後二人均被關進秦城。

二、最早被關入秦城的中共高幹是原中共華東局第一書記、中央組織部部長饒漱石，一直關押至死。所涉「高崗、饒漱石反黨聯盟」案至今未獲平反。

三、秦城建成後，首批關入的是以溥儀為首的偽滿洲國戰犯及一批國民黨被俘將領，均於一九六五年九月獲特赦出獄。

四、曾任全國人大副委員長的西藏宗教領袖班禪活佛，於一九六五、一九六七年被毛澤東冠以「民族分裂主義頭子」罪名，兩次關入秦城，直至一九七八年獲平反出獄。

五、習仲勳原任中共西北局書記、第一野戰軍政委，一九四九年後任國務院秘書長、副總理。一九六二年因小說《劉志丹》冤案被誣為反黨集團頭子，文革期間被關入秦城，戴腳鐐三年半，其子女親屬皆受株連。一九七八年獲平反昭雪恢復工作，曾任中共廣東省委書記，首倡設立廣東沿海經濟特區，後調任中共中央書記處常務書記，成為改革派大將。其子習近平為中共第五代領袖。

六、一九六六年五月中共政治局擴大會議上，彭真、羅瑞卿、陸定一（原中宣部長、國務院副總理）、楊尚昆（原中央辦公廳主任）被毛澤東欽定為「反革命修正主義集團」，被投入秦城，直至一九七七年獲釋，恢復名譽。

七、胡風為著名詩人、文藝理論家；師哲為毛澤東俄文翻譯，曾任山東省委副書記；周揚為著名馬克思主義理論家，曾長期任中央宣傳部副部長；李銳為中共著名才子，曾任毛澤東工業秘書、中央組織部副部長。四人均在文革初年被關入秦城，直至文革結束先後獲釋，恢復名譽。

八、王力、關鋒、戚本禹三人均為毛夫人江青的中央文革主要成員，毛派極左秀才，一九六七年底因反黨亂軍失寵，被關進秦城。文革結束後，再被判處長期徒刑。

九、田漢，著名戲劇家、詩人，新中國國歌〈義勇軍進行曲〉的作詞者；吳晗，著名明史專家，曾任北京市副市長；傅連璋，原為天主教福建長汀醫院院長，一九三〇年參加中共紅軍，從事中共領導人的醫療保健工作，曾三次救過毛澤東的命。一九四九年後任衛生部副部長，授予中將軍銜。一九六六年文革之初被毛氏夫婦拋棄，關入秦城，多次向毛呼救未果。上述三人均慘死於秦城。

十、劉少奇夫人王光美於一九六七年入秦城。一九六八年底劉少奇死後，她被判死刑，因毛澤東一道批示活命，度過十二年鐵窗生涯，於一九七八年出獄。

十一、薄一波，長期任國務院副總理、財政部長，劉少奇親信幹將。一九六七年初被毛澤東定為大叛徒（原華北局「薄一波、安子文六十一人叛徒集團」），關入秦城，於一九七八年出獄，恢復職位。

十二、陳伯達，中共首席理論家，文革中曾任中央文革組長、中央政治局常委。一九七〇年因毛懷疑他投靠林彪，而將其投入秦城。文革結束後再被判處長期徒刑。

十三、彭德懷，解放軍元帥，曾任解放軍副總司令、國防部長。一九五九年廬山會議上為民請命，被打成「右傾機會主義反黨集團」頭子。一九六六年被關入秦城。一九七四年含冤去世。

十四、黃永勝，解放軍上將、文革中任解放軍總參謀長、政治局委員；吳法憲，解放軍中將、空軍司令員兼政委、文革中任政治局委員；李作鵬，解放軍中將、海軍政委、文革中任政治局委員；邱會作，解放軍中將、總後勤部部長、文革中任政治局委員，四人皆為林彪親信將領。一九七一年「九一三」林彪叛逃事變後，均被投入秦城。文革結束後四人再被判處長期徒刑。黃永勝死於秦城。

十五、王洪文（中共中央副主席）、張春橋（中央政治局常委）、江青（毛澤東夫人、中央文革組長）、姚文元（中央政治局委員）以及毛遠新（毛澤東侄兒、瀋陽軍區政委）等一批毛澤東的親信幹將，於毛澤東一九七六年九月九日死後的第二十六天（十月六日），被毛的接班人華國鋒與葉劍英、汪東興聯手發動兵變，一網打盡，關入秦城。俗稱「活捉四人幫」。後王、張、江三人均死於秦城。

十六、陳希同，原中共北京市委書記、中央政治局委員，一九九七年因貪腐罪名判處十六年徒刑，關入秦城；陳良宇，原中共上海市委書記、中央政治局委員，二〇〇六年因貪腐罪名判處十八年徒刑，關入秦城。

十七、薄三即薄熙來，薄一波之子，原中共中央政治局委員、重慶市委書記，二〇一二年四月因巨貪並涉嫌殺人被中央立案審查；康師傅為中央政法委書記、中共中央政治局常委周永康別稱，因涉嫌勾結薄熙來謀逆，被中共中央內部調查中。後二人均被判處無期徒刑，入住秦城。

京韻鼓詞

八百年帝苑，三千里幽燕，莽莽滄桑，唱不盡社稷悲歡，家國興亡。

看長安大道，古今通衢；羨漢唐雄風，日月蒼黃。

九門八廟在何方？萬園之園是何年？
只剩得禁城三海，西苑宮闕，琉璃紅牆；
新添些阿房海市，咸陽蜃樓，金碧輝煌！
九五至尊龍輿在，周鼎秦璽贗品傳。
悵情天恨海，漁陽遺韻，怎教他風流雲散？
且付與絲竹檀板，青史丹書，聲聲慢。

二〇〇九年十月

跋

一個人的新樂府運動

閻莊（作家、專欄撰稿人）

二十世紀初葉的「五四」運動開創了中華文化的白話文時代。隨之而來的不僅有民間口語對文學的深層浸潤，更有外國詩文的強勢影響。毋容置疑，這是一場具有開創性的「新文化運動」，但是，它也淡隱了中國文學一座無比輝煌的豐碑，忽卻了古典詩詞寫作及其歷史傳承。

詩歌是起源最早的文學形式。說到新樂府，不能不提古樂府，蓋因「樂府之名，起於漢魏」。宋代巨製《樂府詩集》的編撰者郭茂倩曰：「至武帝時，乃立樂府，採詩夜誦，有趙代秦楚之謳。」所謂「採詩」，乃從民間採集歌謠，配以樂曲。而當時樂府所採謳歌種類達十餘種之眾，包括郊廟歌辭、雜歌謠辭等，而後者更始於先秦。古樂府以〈孔雀東南飛〉、〈木蘭辭〉最為後世推崇。及至唐代，始有新樂府辭，是為時代新歌，或寓古詠今，或懷人感事，雖沿襲了古樂府「感於哀樂，緣事而發」的傳統，但涉及更廣闊的題材及更豐富的內容。由於詩壇巨擘李白、杜甫等人的承前啟後，樂府辭的敘事功能更新換代，完成了從里巷歌謠到雅曲共賞的至高境界。其後白居易、元稹等的倡導更是居功至偉。

「五四」以降，傳統詩遭到冷遇，由嫁接自歐美風格的新詩取代。縱觀現今文學刊物，大多不刊登傳統詩。從文學傳承而論，這有自斷詩脈，棄置本土文學菁華的隱憂。近半個世紀以來，在「內容決定形式」之理論專制下，有說傳統詩束縛想像力，也有說傳統詩不適合表達現代生活。有趣的是，正如詩歌起源於里巷，民間再次給予七言、五言詩以棲身、繁衍的土壤。婚宴、壽宴、親朋聚會，常有即興吟誦的五言、七言詩助興。即使在大陸文革年代，亦可在牆報、傳單上見到七言、五言的快板詞和對口詞。這是一個令人感慨的文學現象，也說明了傳統詩的魅力和生命力。

今天，古華的《望秦樓新樂府集》出版有一個意義，即新詩能表現的內容，傳統詩無一不能，且具其獨特文學韻味，宜古宜今。開篇的「家園．山水」一輯，暢吟山川形勝，故國情緣，回憶與想像交疊，抒情與詠物相映。〈望秦樓〉古韻悠然：「吾愛望秦樓，別樣說風流。山環青玉帶，水繞綠田疇。眺望漢陽樹，隱然隋堤柳。……度曲新樂府，能不憶神州？」作為首篇，有點題且引申之效。還有詠嘆鄉居生活的〈園趣〉：「巢父絕塵囂，日月長呵護。五柳歸去來，神韻越千古。夫復何求哉！蓬萊在園圃」，既明淨寫意，又上下鋪陳；既充盈情趣，又不乏哲理。〈長沙憶舊〉中的天心閣為中國八大名樓之一，毀於兵燹後於一九八三年重建，「天心高閣淩霄起，鳳舞鸞翔雲霞裡。……四水銀鱗下洞庭，三湘風月來眼底。殿堂赤柱擎青史，瓊樓碑銘傳識記。樂聞雷霆鎮魍魎，笑看風煙鎖熊羆。十萬燈火繞長沙，巍巍高閣鼎天地。」行文大氣磅礴，楚天極目，盡顯華妙。縱然是模山範水之篇，氣勢和眼界盡得風騷，且縱貫詩集始終。

第二輯為「師友．人物」，很是厚重。這「厚」是「友情」，這「重」指其蘊涵的時代風雲。新樂府再次展露無與倫比的概括力和表現力，數十行，上百行，便能概述一個人的一生，喜怒哀樂，悲歡離合，一一吟唱。師友中有眾多文化名人，他們的人生旅程是一個時代的縮影，他們的故事道盡了這個王朝的特徵。僅以〈胡風詠嘆調〉為例，曾經的「意氣豪雄輕將相，才高八斗傲三公。七月詩社高歌起，和者如雲八面風」，卻因其文藝理論觀與統治者相左，竟被判終身監禁。「代代詞人存天問，千古悲風唱胡風」，此為天朝大規模迫害文化人的先例。接踵而至是「反右」風潮，見於〈詠蕭乾大師〉。遙想二戰勝利歸來時，「出生入死大記者，報業驕子傳佳話」；豈料其後十二年，「因賦辭章抒胸臆，文網恢恢凌空下」。文網之廣之大，幾無人能倖免，即便是曾去延安的張光年——〈黃河大合唱〉的作詞者，也逃不過「和平歲月禍連綿」。更有三組〈新麗人行〉，詠嘆當代二十六位傑出女子，英氣逼人，可歌可泣。這一個個人物的命運，有名儒、也有百姓，無論城市和鄉村。詩人一詠三嘆，極盡悲涼慷慨之情，而這正是詩集所追求的文學境界和人性高度。

何謂「詩史」？那便是能記錄一個時代雲詭波譎的篇章。

詩人還有眾多兩岸的師友，相思相憶，躍然紙上。無論是感遇、惜別、悼亡，都寄予了真誠情感；詩風或明快，或清峻，又是一景，乃自由世界之景色。

「時事·雜言」為第三輯。作者的筆耕實踐說明傳統詩能夠放飛想像力，可以表現現代生活，包括大事件、大歷史，或雄渾，或清麗，皆自如收放。〈天朝遺韻六首〉、〈高官誦〉、〈土改紀事〉、〈一九五七：反右進行曲〉、〈一九五八：巡幸曲〉、〈文革紀事〉、〈北京遺事〉等長篇吟詠，歷數上世紀政治風暴、群眾運動的起落，不落窠臼，得古體敘事之妙用。世事沉痛、身世感嘆，詩人暗夜焚書的「自白」，哀而不傷，清練而生動。幾十年政爭奇聞、時事哀喜均訴諸筆端，有低吟淺唱，有蕩氣迴腸。當然，詩人也得樂府體式之便，偶有未予強求押韻之處，不因韻損意，也是詩家各持見解，有待商榷之處。

「望秦樓」上的詩人是寂寞的，故稱其為「一個人的新樂府運動」。這寂寞來自傳統詩之生長艱難，缺少園地。詩人在期待、在呼喚，望來日詩壇群星璀璨，慷慨高歌，重塑傳統詩的漢唐氣象，明日輝煌。

二〇一五年七月二十九日

文訊書系6

望秦樓新樂府集

作者　古華
總編輯　封德屏
執行編輯　杜秀卿
校對　古華、杜秀卿、張瓊文
封面設計　翁翁・不倒翁視覺創意
出版者　文訊雜誌社
地址：台北市中正區中山南路11號6樓
電話：02-23433142
傳真：02-23946103
E-mail：wenhsun7@ms19.hinet.net
郵政劃撥：12106756　文訊雜誌社
印刷　松霖彩色印刷公司
總經銷　聯合發行股份有限公司
初版　2015年8月
定價　250元
ISBN　978-986-6102-26-4

國家圖書館出版品預行編目(CIP) 資料

望秦樓新樂府集 / 古華著. -- 初版. -- 臺北市 : 文訊雜誌社, 2015.08
面 ; 公分. -- (文訊書系 ; 6)

ISBN 978-986-6102-26-4(平裝)

851.486 104016524